后浪

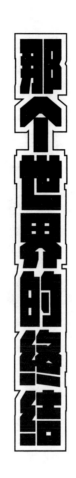

# 那个世界的终结

## 手冢治虫小说集成

北京联合出版公司
Beijing United Publishing Co.,Ltd.

［日］手冢治虫 著
于忍 周晓林 陈涵之 译

# 目　录

# 跳舞的虫头

## 1

哎哟，那个时候真是吓死我啦！

这个故事的开始，要追溯到遥远的两年半之前。那是昭和十六年①六月，初夏的一个星期天。天气晴朗，太阳暖洋洋的，我和平时一样，去后山采集昆虫。

正值从春季转到夏季的时节，栖息在后山的昆虫种类非常丰富。我忘记了时间，一心一意地沉浸在自己最喜欢的兴趣里。就在这途中，我突然产生了一个念头，想要去好久都没有接近的"鬼屋"那边看看。

如今，"鬼屋"附近已经建起了住家，还开拓了花园跟田地，绝对不是什么奇怪的地方。但在那个时候，那里确实是一个煞风景的，十分荒凉的地方。

走上位于半山腰，一条通向墓地的蜿蜒曲折的单行道，从山麓往上走两三个街区的地方有一片小森林，那里横倒着白色

---

① 1941 年。——译注（本书注解均为译者所注）

的石材，丛生着深深的野草。在那之中，有一栋房子就像被忘在那里一样，孤零零地耸立着。那就是"鬼屋"。

"鬼屋"的院墙坍塌，院子里任凭杂草丛生，一看就叫人觉得是座奇怪的房子。我记得，小时候和父亲一起到这里散步的时候，我总是涨红着脸，躲在父亲身后，从那座房子旁边走过。

有时，那座房子也会牵扯上不可思议的传言。房子的窗户只有早上才会开一会儿，傍晚经过那里的话，会听到房子里传出鼓声——这样的迷信和谣言让我们毛骨悚然。

但是，自从我开始采集昆虫以来，就在后山的各处走动，发现房子附近其实是非常棒的昆虫栖息地，因此就忘记了那里让人不舒服的地方——至少忘记了百分之九十九。我常常去那里挥动捕虫网。

可是，我绝不会在傍晚去那里。太阳一落山，我的心情马上就变得和白天不一样了。

言归正传，那天正是上午，所以我可以大张旗鼓地去那里。我在被杂草埋没了一半的院门旁边弯下腰，等待着猎物。

我已经忘了那天我在那里逮到什么昆虫了。不过，大体而言，我记得，包括美丽的德氏翠凤蝶①在内，有许多珍奇的昆虫飞到那里，到两点钟左右，我已经抓到了相当可观的战利品。当时，我非常满足。

直到太阳开始西斜，我才终于站起身来，准备回家。可就在这时，森林中突然飞出了很棒的昆虫——是什么我已经忘记了，我还没来得及挥网，它就飞过院墙，飞进了"鬼屋"。

---

① 学名：*Papilio dehaanii*。

下一瞬间，我打开院门，飞扑进去。可是，突然，我发觉自己已经未经允许进入了"鬼屋"。

抬头望去，刚刚那只很棒的虫子正飞过"鬼屋"的上空，飞向后面的森林。已经无论如何都追不上了，所以我自然会感到消沉。

我手拿捕虫网，环顾四周。院子里的大部分地方都很平坦，周围栽着各种树木。院子深处就是房屋，在屋顶的倒塌之处，有荠菜冒了出来，随风摆动。

附近，松树上的蝉在一个劲地叫着。

我在宽广的院子里四处转悠，没发现什么奇怪的地方。于是，我稍微大着胆子走近井口那边；在那里，我发现了怪异的东西。

一开始，我还以为那是树枝。也许是风吹掉了一根树枝，让它卡在了井盖下面吧，我想——可是，我仔细一看，原来那不是什么树枝，而是一条表皮凹凸不平，已经发白的蛇。我已经有点想拔腿逃跑了。

我鼓起勇气，走近一瞧，那是一条蛇的尸体，它的脑袋钻到了井盖下面，长长的身体周围飞满了苍蝇。

这时，我看见在蛇的近旁，有一只扁锹形虫①正在游荡。现在才六月，它出现得有点早；我也不知道发了什么疯，迅速伸出手，抓住它，把它扔进毒瓶②。因为我觉得，这只扁锹形虫一定吃饱了蛇肉，肚子里塞满了腐烂的物质。

先不管这只锹形虫的事，我瞥了一眼那条蛇，就逃出了院

---

① 学名：*Dorcus titanus*。

② 采集昆虫标本用的杀虫瓶。

门。就算回到了家，我也觉得，那条蛇的脑袋离开身体，跳了过来，现在也许就趴在我的脚边呢。

回家后，我整理战利品的时候，发现被我扔进毒瓶的那只锹形虫还活着。我感觉，它仿佛正在用空虚的双眼充满仇恨地盯着我；看着它那半死不活、肢体和触角不断颤动的样子，我觉得它很可怜。虽然已经来不及了，但我还是很后悔。


## 2


从那之后，过了一个月。当时的那只锹形虫已经被我好好地做成标本，待在标本盒的一角了。这件标本很是值得我炫耀一番，因为它的身躯很大，是件完美的标本，而且出现的时节又很早，这足以让我自豪。更何况，它还很醒目，我收集的甲虫几乎没有一只能高到它的肩膀。在我所有的标本中，它的威望就像相扑手中的大关①一样。

然而，尽管有着这样的自豪，我每次看到这只锹形虫，还是会没缘由地感到害怕。那是一种不安的、奇怪的感觉，心里只觉得忐忑不安。它就像要对我诉说深深的怨恨似的，趴在那里，直直地盯着我。它的体内一定还残留着蛇的腐肉，蛇的怨魂就寄宿在它身上——我产生了这种毫无道理的想法。

在这段时间里，我收集的甲虫还在不断增加。和新标本相比，很久以前采集的标本的颜色变得淡了很多，它们有的发了霉，有很多还破损了。可是，只有那只锹形虫，不管过了多久，

---

① 大关，相扑手中第二高的等级。

依然没有丝毫陈旧的痕迹，一直保持着新鲜的、仿佛刚被抓来的样子，甚至由于身上冒出了一层像汗一样的东西，显得更加富有光泽了。

就在那只锹形虫的事情逐渐在我的记忆中淡去的时候，奇怪的事情发生了。

## 3

在某个时候，装着锹形虫的标本盒并没有被人摇晃，却在黑暗里啪嗒一声摔在了地上。

我把它放到柜子上，重新摆正，认为可能是老鼠之类的动物碰掉了它。

幸好，盒子没有摔坏，但里面的标本全都摔掉了，一片乱糟糟的。在标本中，有两只我好不容易才抓到，珍重地放进盒里的吉丁虫被摔掉了脑袋，当我发现它们破损的时候，感到十分气馁。

之后，我又发现盒子里的锹形虫从固定针上脱落，掉到旁边的标本上，已经完全摔坏了。特别是，这只扁锹形虫尽管看上去那样强壮，它的脑袋却像是被粘到身体上的，整个掉了下来。

我感到十分可惜，但也没有办法，只好把身首分离的扁锹形虫的两个部分凑起来，和其他甲虫一起放在一个盒子里，想着，应该尽快搞一点树胶，把它们粘好。

就在我一直想要这么做的时候，进了秋天，氏神①的祭典

_____

① 氏神，日本居住于同一聚落、地域的居民共同祭祀的地方神祇。

临近了。

4

秋天，氏神祭的晚上……

那天很冷，从白天开始就一直吹着寒风。神社森林里祭神的鼓声顺着寒风飘来，这声音从早晨开始就一直响个不停。

那天晚上却很安静，安静得让人不觉得是祭典之夜。我吃完晚饭，上到二楼的标本室，坐在椅子上，一个人陷入回忆。

在我面前，放着乱七八糟的装满了锹形虫和其他破损甲虫的盒子。从那天以来，我一直想修理和整理这些标本，但材料总是不足，于是就这么放到了现在。

无意之间，我看到了盒子里的锹形虫。顿时，种种记忆一下子在脑海中浮现。

"鬼屋"的事。爬进"鬼屋"的蛇的事。在蛇周围转悠的锹形虫的事——这些不可思议的记忆在我的头脑中像走马灯一样转动。

突然，我感到了一种怪异的感觉，于是凝视着盒子里的那只扁锹形虫的脑袋。

然后，我吓了一跳。

——活蹦乱跳的锹形虫——

可以这么说吧。

盒子里的锹形虫——锹形虫的脑袋——确实在动。我呆呆地盯着它。

那只锹形虫的脑袋，说是脑袋，其实也包括前胸和背部的一部分，还带着两只前肢；这两只前肢呈展开状附着在残躯上。现在，这个脑袋就挥动着仅剩的两只前肢，仿佛正在活泼地跳舞。

可是，这只不过是我的幻想。但是，可是，那脑袋确实动了。它在极小一点、极小一点地挪动。我侧耳倾听，能听到极其微弱的鼓声。那是祭神的鼓声，到了晚上，它会再度响起。

然而，我只能想到据说会在"鬼屋"里时常响起的怪声。

随着那声音响起，盒子里的锹形虫的脑袋就像感到高兴一样，开始动弹起来。就像拥有了灵魂，一直斜靠在盒边的脑袋一下子站了起来，和着鼓声，开始一点点移动。当鼓声变强的时候，它的跳跃幅度也会变大；当鼓声变得连绵不绝的时候，它就会像滑动一样，转着圈跳动。

在暗淡的电灯照耀下，锹形虫挥动粗大的双角和长长的前肢，仿佛颤抖般地来回跳动；那正是恶魔的飨宴，是死亡之舞。

它从盒子里掉了出来，在榻榻米上直立着。然后，在一阵急促的跳动后，鼓声停止，它也变得一动不动。

祭典持续了三天，锹形虫的脑袋那奇怪的行动也持续了三天。

我马上发现了这桩怪事的真相。聪明的读者们可能已经料到了，真相就是，鼓声让锹形虫动了起来。

大家一定记得，在山里发生地震的时候，传来的响声会让拉门也发出奇怪的声音和震动。这种现象叫作"共鸣作用"。如果在发出声音的地方附近有障碍物的话，就会在障碍物那里产生这种现象。距离发出声音的地方越近，共鸣的响声也就越大。

锹形虫的这件事恰好就是这样。祭神的鼓声离我家很近，从那里直到我家都没有任何障碍物，声音可以一直传到我家的二楼。于是，榻榻米就会极其微弱地，以人体感知不到的幅度上下震动；也许只有锹形虫可以感知到这种震动。共鸣作用的一个有趣的特征，就是只有一种物体会感知到震动。

总而言之，锹形虫会动弹起来，就是因为这种外界因素的作用。在我得出这个结论的时候，突然又想到了另一件怪谈。

在某户人家，有两个互相之间关系不好的姐妹去世了。每天早晨，她们的两块墓碑都会转过身去，变成背对背的样子。有一个很厉害的人认为这是狐狸作祟，为了消灭狐狸，彻夜在墓旁守候。可是，整个晚上都没有发生任何怪事，到了黎明，从隔壁的米店那里传来了咚咚舂米的声音。随着这阵声音，两块墓碑一点一点地转动，当舂米结束的时候，墓碑也正好转到了背对背的位置。这也是共鸣作用的一种现象。我觉得，锹形虫的事情和这个故事十分相似。

第二天早晨，我立即把那只可怜的锹形虫埋葬了。我想，它现在大概已经在土里安安静静地消失了吧。今年，又到了祭典的日子。我听着鼓声，怀念着那段关于昆虫的往事，写下了这篇小文。

* 《跳舞的虫头》最初刊载于六陵昆虫研究会于 1943 年 11 月 20 日发行的《昆虫世界 3》。六陵昆虫研究会是手冢在大阪府立北野中学（现为北野高校）就读时与同窗好友组成的社团，《昆虫世界》为其会刊。

# 无形的怪异事件

## 1

麦克雷布先生突然想起，他九点要跟人见面。他慌慌张张地跑进昏暗的车库，猛地一拉，打开了自己的斯蒂庞克轿车的车门。

就在他刚要发动引擎的那一瞬间……

砰！

他听见后窗传来东西破碎的声音。他吓了一跳，扭头看去，只见安全玻璃上出现了一个圆形的窟窿，玻璃上满是裂纹。麦克雷布先生当即缩在座椅里。

"混账东西，是谁干的！"他大吼道，但回答他的只有寂静。

"我不可能遭人记恨。生意来往上的关系也都不错。可是，是谁偷袭——"

他突然想到了一个人。乔尼……对，肯定是乔尼那家伙没错。五年前，在贝灵厄姆①，他可是让那家伙大大地丢了一回脸！如果说谁跟我有仇的话，那肯定就是他了……

① 贝灵厄姆（Bellingham），位于美国华盛顿州北部的城市。

"是乔尼吗？别像个卑鄙小人一样，给我出来！"

麦克雷布先生朝着黑暗大喊。没有任何回应。不仅如此，子弹也没有再射过来。

他在车里实在待够了，索性回到自己的家，想要打电话报警。可是，他还没来得及拿起听筒，电话就响了。他只好先接电话。

"哈喽？是麦克雷布吗？是我啊，乔尼·史隆。"

"乔尼？你这混账，你现在在哪儿！"

"我在贝灵厄姆！"乔尼也怒吼着，"你居然让部下偷袭我！"

"什么？你等会儿，这是我要说的话！"

"哼，刚才朝我的车开枪的就是你吧。除了你，我应该没有其他敌人才是。"

"你说什么?!刚才也有人朝我的车开枪了！肯定是你干的……"

"别胡扯！照你这么说，就是有一个不知道是谁的人，在同一时间朝你我的车开枪喽？说什么蠢话！"

"可这是真的！不过，这么说的话，的确很奇怪。我跟你有共同的敌人吗……"麦克雷布先生目瞪口呆地陷入思索。

## 2

第二天早晨，麦克雷布先生和乔尼·史隆一起坐在西雅图的一家酒吧里。

他们俩在思考，向他们的车开枪的人到底是谁。他们觉得，肯定是一个大型杀手组织干的。同时在西雅图和贝灵厄姆两地向汽车射击，这当然不是一个人能办得到的。

在西雅图，有一个叫"大眼睛"的流氓团伙。由于生意上的关系，麦克雷布和乔尼同时被他们敬而远之。硬要说的话，他们共同的敌人只有这个"大眼睛"了。

于是，他们便去警察那里起诉"大眼睛"。可是，让他们惊讶的是，有许多人排在他们前面；不是两三个人，而是二三十个人。据这些人说，从昨天晚上到今天早晨，他们的家用车或卡车都被子弹击中了。

"各位，本局绝不会对这起重大案件置之不理，因为这是对政府的嘲弄。今天早晨，本局的二十辆巡逻车也同时被子弹打穿了车窗。"

局长这样说了之后，又引起一片哗然。看起来，犯人好像是一心一意地想要打破车窗。幸好没有造成死伤。

不仅如此，过了正午之后，又有将近一百辆汽车的车窗被打穿了一个圆洞。在贝灵厄姆，则有五百辆汽车的车窗被莫名其妙地破坏了。

人们不禁因这起精心策划的怪异事件而颤抖。


## 3

只有五六天，贝灵厄姆的怪异事件就达到了数千件。市长实在难以容忍，和西雅图市长一起去找艾森豪威尔总统哭诉，请求总统下令进行调查。

这个无形的怪人在西雅图和贝灵厄姆进行破坏还不满足，接下来又去了芝加哥。然后，他南下去了俄勒冈和加利福尼亚，终于侵入了墨西哥。东边的纽约和北边加拿大的多伦多也都同时发生了车窗玻璃被破坏的事件。

而且，到了这个时候，恶作剧继续升级，就连大楼的窗玻璃也开始被打碎了。

"是不是小孩子在恶作剧啊。悄悄打破玻璃这种恶劣的恶作剧，只有小孩子会干，不是吗？"

就在麦克雷布先生向自己的朋友这样说的时候，这阵浪潮还在飞速蔓延。

"事件终于漂洋过海，传到海的那边去了。"冷饮店的店主递给麦克雷布一份报纸。

"哎？日本和印度也有啦？"

"在东京的龙泉寺地区、船桥以及川崎，都发生了同样的玻璃被打碎的事件。只不过，那边的玻璃没有被打出洞，仅仅是裂了……"

"真是惊人，现在，全世界的玻璃全让人给毁了。"

"卖玻璃的倒是能大赚一笔了！真是的。"

## 4

当晚，麦克雷布先生独自一人开着自己那辆更换了玻璃的轿车，在漆黑的夜路上奔驰。这时，突然从前方掉下了黑黝黝的液状物质。麦克雷布先生大惊失色，"啊"地大叫一声，话音未落，那黑色的液体就在车窗玻璃上融出了一个洞。

麦克雷布先生脸色惨白地从车上下来，跑向电话亭。

"喂，警察吗？我发现玻璃被打破的真相了。对，就是刚才……"

与此同时，还有大约三十个人进行了同样的报告。

*

在安全玻璃内部，其实有许多扭曲的空洞。因此，如果内部出现裂纹，整体的平衡就会被打破，导致玻璃碎裂。

东京大学理学部的平田森之教授撰写了关于这一事件的报告。他在报告中写道："与尘埃的摩擦会使玻璃在角落处产生划痕，这些划痕有可能逐渐变深，到达玻璃内部。"

但是，这种理论并不能说明汽车玻璃被瞬间开洞的原因。

警视厅搜查一科的野野村先生认为，这是某种特别的宇宙尘埃造成的。

冰冷的宇宙尘埃飘浮在高空，它们被山间的气流裹挟，落到地面，撞到汽车玻璃。在这些尘埃中，有一些能够融化玻璃的物质（氟化氢等），它们呈冰冻状态撞到玻璃后融化，沾在玻璃表面，然后迅速蒸发，打碎了玻璃。

但这终究只不过是一种假说。至今也没有人能够解开这起打破汽车玻璃的奇异事件之谜。

这起事件发生在 1954 年 [①]。

*《无形的怪异事件》最初刊载于东光堂《炎》第 1 辑，1959 年出版。

---

[①] 这是一起真实发生过的事件。现代研究认为事件的原因是集体错觉：当汽车玻璃被破坏的谣言传播开来之后，人们纷纷开始留意自己的汽车玻璃，发现了很多以前没有注意到的破损，遂相信自己的汽车玻璃也被破坏了。

# 日本第一的鬼屋

最近，在美国的某个地方发生了一种怪事，化妆水或饮料的瓶盖会自己砰砰地打开。

就算手忙脚乱地重新盖上，瓶盖又会随着巨响自己打开。最后，这件事不仅全城，甚至变得全美闻名，由著名科学家组成的调查团也曾去往那里调查真相，但最终依然没查明原因。

就连美国都是如此，在日本，即使已经进入了原子能的时代，鬼怪电影依然在各地大受追捧，号称自己见到幽灵的人也时有出现。话说回来，至今依然存在着一座即使历经明治、大正、昭和三个时代，也可以说是在我国空前绝后的鬼屋。虽然这是真实发生过的故事，但现在还没有弄清楚原因，所以在阅读这个没头没脑的东西时请提高警惕。

在明治时代，福岛县伊达郡伊达崎村（现已并入桑折町）有个人花 27 日元盖了一座宅子。现在看来，27 日元是少得可笑的小钱，但在当时可是一笔大钱，相当于现在的三百万日元呢①。

---

① 这是夸张的说法。明治时代的 1 日元大约相当于战后的 2 万日元。

这座宅子原本是仿照位于邻近的桑折町的原米泽藩代官宅邸建造的，房主姓熊谷，他决心把自己的房子改建得与代官宅邸一模一样。在宅子落成后的一个晚上，举办了庆祝的宴会。

木匠、泥水匠等五十几个人坐在拆除了间隔的三间和室里，肆意地吵闹着。就在这时……

"好疼啊！"

其中一个人大声叫道。仔细一看，原来是一块有拳头那么大的石头，从不知什么地方飞了过来，砸中了一个木匠的脸颊。

"喂，别开玩笑了，是谁在恶作剧！"就在大家喊叫着站起来的时候，又飞来一块石头，这次是砸中了主人的脑袋。

很快，石头就像雨点一样砸了过来，宴席上一片叫骂。

"可恶！"

"抓住他！"

"揍扁他！"

"好嘞！"

他们争先恐后地拥到庭院里，可是，庭院里却空无一人。他们憋着一口气回到座席，刚开始喝酒，突然又砸来了多如雨点的石头。

在这种事情重复了三次之后，房主熊谷元亮带上二十几个人，开始绕着宅子巡逻。

可是，尽管他们瞪大了眼睛，戒备森严，仍然有七八块石头被扔到了人数变少的宴席上。

因此，木匠们惊愕万分，感到十分扫兴，情绪低落地逃离了宅子。那一晚，被扔来的石头竟有几百块，可以装满足足两个草袋子。

从那之后，不分早晚，石头都会飞进熊谷家。终于，主人从桑折警署请来了十几名强壮的警官，还从深川町请来了大约十名消防员。消防员和警官们一起守在宅子周围，但飞来的石头依然没有停止。最后，甚至请来了在山野中修行的僧人，让僧人在宅子里呜呜地吹法螺、祈祷，可是依然没有用处，这件怪事就这样持续了一年。

当时，熊谷家每个月都要消耗四斗五升①米，单从这一点，就可以看出当时有多少人在熊谷家出入了。

那些石头现在就堆在熊谷家的井边和庭院里。看起来，它们只不过是呈茶褐色的普通山石，很像距离这里大约二十公里远的半田山上的石头。

在没有石头飞来的日子里，还有其他的怪事出现。半夜，宅子和家具突然开始摇晃，从天花板上面，还传来了好像是说话的声音，也不知是谁，就那样一直喋喋不休地说着。

有一天，家里的仆人早早地起来，打开了宅子的大门。这时，一个穿着条纹短上衣和细筒裤、看起来大约四十多岁的矮小男人用手巾包着头和脸颊，从宅子里跑了出来，把仆人吓了一跳。不管问谁，得到的回答都是，没有见过这样的一个人。

两三个月之后，熊谷家的一个叫半兵卫的老人正在独自饮酒，突然，酒杯紧紧地吸在他的脸颊上，怎么拿都拿不下来。半兵卫非常害怕，便在厨房里设了个神龛，每天都会供奉酒水。从那之后，半兵卫再喝酒的时候，鬼怪就不会扔来石块，而是会丢下鱼来给他做下酒菜。不过，这个故事怎么看都像是编

_____

① 约 67.5 公斤。

造的。

在伊达崎村住着一个叫金太郎的大力士，有一天晚上，他说要看看鬼怪的真相，住在了熊谷家。半夜，他的身体像皮球一样弹起来，撞到了天花板，又弹了回来。他实在无法忍受，逃出了宅子。

第二年正月，一个前来拜年的保原町的医生高城十分倒霉，不小心提到了关于鬼怪的事情。

"怎么会有这种蠢事！要是妖怪敢在这里现身，我就一刀砍了它！"他这样喊道。就在这时，被仆人端着的一碗刚刚做好的芋头汤飞了起来，在高城医生的头上一翻，让他淋了一身。他狼狈地回家，据说，就在即将坐上横渡阿武隈川的渡船之前，一把小刀突然飞来，扎伤了他，使他当场躺倒。

最后，这个传言传到了县政府，甚至还有人提交了一份报告。县知事安场[①]无法置之不理，于是带着县政府的一大群人去现场实地检查。

当时，随行人员中有一个叫山吉的，在招待的酒宴正酣时说道：

"在这个文明的世界上，怎么会有妖怪呢？这是迷信！"

据说，就在他这么生气的时候，山吉刚刚吃过的菜的盘子无声无息地消失了。

最后，知事命令熊谷家搬家，但熊谷家没有服从。因为熊谷家是代代相传的名门医生，有权称姓、带刀[②]，如果被命令搬

---

① 安场保和（1835—1899），1872—1875年任福岛县知事。
② 这是江户时代只属于武士的特权。

家，就会损害家族的名声。

县政府没有办法，就用公款购买了许多大镜子，安置在熊谷家的各个重要场所，同时还安上了夜间照明，使熊谷家的夜晚亮得犹如白昼一般。

此外，还请来了剑道师傅尾村，他是福岛县第一的勇士。

然而，接下来的某个晚上，刀突然从鞘中飞出，使这位尾村剑士受了重伤。不仅如此，从这以后，鬼怪盯上了金属制品，菜刀、拨火棒、铁锤、柴刀、镰刀、针、剪刀……凡是带有金属的东西，全都毫无缘由地消失不见了。就连熊谷家所藏的名刀也不见了踪影，至今不知道去了什么地方。

在没有石头飞来的时候，天上有的时候掉糖，还有的时候掉钱。

终于，熊谷家举行了盛大的赶走恶灵的祭祀。可是这回，神官的乌帽子被吹跑，衣服也被撕得破破烂烂的。鬼怪觉得这还不算完，又让神官的孙女生病，还在神官的女儿的头上涂了一道黑印，不管怎么洗都洗不掉。

接下来，元亮十分珍视的古书《博物新篇》①也被到处涂上了黑印。

过了许多年之后，终于发生了一桩最大的怪事。家里所有的衣橱一齐开始冒烟，人们以为是着火了，非常惊慌，赶紧把家里的东西都搬到庭院里。但是，其中只有属于元亮夫妇的东西被烧成了灰，其他人的东西即使放在同一个地方，也没有任

---

① 《博物新篇》，英国传教士合信（Benjamin Hobson，1816—1873）用中文编著的介绍西方科技的书籍，最早的日译本于江户时代末期出版。

何异样。当时，元亮恰好外出，当他回家之后，把外衣脱掉的时候，外衣也一下子着起火来。

*    *    *

就这样，随着这场出人意料的火灾，熊谷家的怪事终结了。

在那之后，熊谷家养的狗阿松还经常摆出一副在聆听什么的样子，但现在宅子已经彻底安静下来，只有被扔来的那些石头还能让人回想起当时的事情。

*《日本第一的鬼屋》最初刊载于东光堂《炎》第 2 辑，1959 年出版。

# 毒杀物语

对侦探作家来说，这是最快捷、最凄惨的杀人方法。而且，无论是多么离谱的毒药，也全凭小说家随便想象，这实在是非常方便。

"毒"这个字本身就很恶毒，如果要让读者感到场景极端恐怖、吓人，那么，使用毒药，是再合适不过的了。

即使不是杀人的毒药，而是使人的身体发生特殊变化的药物，最终也会使那个人迎来死亡的命运，描写这种情节的故事很多，这果然还是因为"毒"这个字能够一下激起读者的反应吧。

著名的莎士比亚在其名作《罗密欧与朱丽叶》中写过一种能让人死去之后又复活过来的药。吃了这种药之后，心脏就会停止跳动，不再呼吸，身体也会变得僵硬，就像死人一样。所以吃了药后会被以为是死了而受到掩埋，但之后人又会在墓地里苏醒。这也成了误会的根源，最终，虽然复活了过来，可转眼还是死了。

《金银岛》的作者史蒂文森在他的《化身博士》中写过一种能让人类的身体暂时变得像恶魔或猿猴一般的药，这种药也导致主角在作品结尾处死亡。在威尔斯的《隐形人》中，主角靠着药的力量把身体变得透明，但他刚一死去，身体就又变得可见了。

这样看来，虽然小说中有各种各样的药物被创造出来，但真正懂药的小说家很少见。在这一点上，写了《基督山伯爵》的大仲马即使是作为药物学家也非常出色，他笔下的主人公基督山伯爵在印度或者其他某个地方买了一箱不可思议的药，当维尔福夫人为了毒害他人而向伯爵请教的时候，他这样说道：

> 假定这毒药是番木鳖碱，您第一天服一毫克，第二天服两毫克，那么，十天以后，您就能服一厘克了。然后您每天加一毫克，再过二十天，就能服三厘克了，也就是说，您服用这个剂量不会感到任何不适，而对一个没有采取这种预防措施的人来说，这个剂量已经非常危险。最后，一个月过后，倘若您和别人用同一个水壶喝水，您就能让和您一起喝这水的人中毒致死，而您自己，若不是也会稍有不适，简直连水里掺有毒质这茬儿也觉不出来了。①

在这部小说创作的年代，人体关于毒物的免疫性几乎还从未被研究过，考虑到这一点，大仲马的知识储备着实令人惊讶。

若要进行毒杀，就必须考虑如何投放毒物，以及投放毒物之后如何叫人无法发现。针对这两点，犯人可以说是绞尽脑汁。所以，过去的人煞费苦心地做过很多尝试。投放毒物的方法包

---

① 出自第 52 章。中译文引自周克希译本。

括涂了毒的剑、安装毒针的戒指、涂毒的鞋子、毒手套等。在这些方法中，据说，距今约三百年前，毒衬衫曾经被频繁使用，但真的是否如此，总让人觉得有点可疑。

据说，一个叫拉·鲍丝的女人曾用这种手法杀害过许多人。据她供述，只要把亚砷酸涂在衬衫上，再给别人穿上，穿上衬衫的人就会感到剧痛，诱发炎症，而且无法找到病因，自然也就不会发现有人下毒了。萨伏伊公爵等人就是被人这样毒杀的，但时至今日，这种手法已经没有人再用了。

四十年前，一个名叫纳斯的法国科学家曾经做过动物实验，验证毒衬衫是否有效。他的做法是，把小白鼠身上的毛稍微剪掉一些，然后把浸满亚砷酸的棉花贴在皮肤上。

每天这样做了六七次之后，小白鼠逐渐衰弱下来，在三天后死掉了。解剖发现，它的内脏出现了亚砷酸中毒的症状。由此看来，毒衬衫的故事可能并非完全虚构的。

在过去的印度，还有把玻璃粉掺入食品或水中杀人的做法。玻璃粉会损伤胃壁，形成溃疡，致人死亡。1874 年，印度的巴罗达的王公就用这种办法毒死了英国公使费尔上校，这件事十分著名。虽然巴罗达王公受到了印度国王和英国法官的审判，但是却获得了"证据不足"的判决①。

钻石也十分坚硬，所以和玻璃粉一样，它的粉末也经常被

① 此处不实。时任巴罗达王公马哈尔·拉奥·盖克瓦尔（Malhar Rao Gaekwad，1831—1882）下毒的方式是砒霜和钻石粉，而非玻璃粉。下毒没有成功，时间也不是 1874 年，而是 1875 年。马哈尔·拉奥没有受到审判，而是在英国殖民者的命令下被直接废黜。"证据不足"指的是，如果他受到审判，那么会获得"证据不足"的判决。

使用。

据说，过去的一个名叫帕拉塞尔苏斯[1]的科学家就是吞钻石粉自杀的。

以前曾在巴黎名噪一时的罪犯们使用的秘密毒药，据说就混进了钻石粉，但其实只是醋酸铅。

说到坚硬的东西，也有把猪鬃剪碎后混进食物里的案例（在一百年前的法国）。这是利用了猪鬃坚硬而尖锐的特点。

可能是从这一事件中获得了灵感，有个叫詹姆斯·佩恩的作家写了一篇小说《哈尔布斯》。在这篇小说里，有一个将马鬃切碎来毒杀他人的事件；然而，可悲的是，马鬃很软，无法实现猪鬃的效果。佩恩可能错误地以为，既然可以用猪鬃这么做，当然也可以用马鬃这么做。

可以看出，作家和漫画家描写的毒杀事件，大抵都是胡编乱造的。因此，最好还是小心谨慎地看一下我写的这篇文章为好。

1930 年初，在加利福尼亚州的洛迪，有一个名叫拉雷·康斯塔蒂诺的牧场主。他的弟弟阿尔多生活放荡，几乎把拉雷的收入的三分之一都花在了娱乐上。但最后因为缺钱，他终于打上哥哥遗产的主意。为了杀害拉雷，夺取牧场的控制权，他制订了一桩可怕的计划。

首先，阿尔多为了让哥哥看起来是自杀，决定用哥哥的手枪杀死他。接下来，为了制造哥哥自杀的动机，他和附近城镇

---

[1] 帕拉塞尔苏斯（Paracelsus，1493—1541），瑞士医生、哲学家，同时也是最著名的炼金术士之一。他吞钻石粉自杀的说法的确存在，但纯属传说。

的骗子做了一笔荒唐的交易，伪造了一份文件，说是哥哥亏了一大笔钱。当一切准备就绪之后，阿尔多向哥哥若无其事地说：

"我想借哥哥的柯尔特手枪用上四五天，每天都练练枪法。我和一个朋友打赌了，要让他看看我的射击水平，但我想先暂时练习一下。"

拉雷说："好啊，就放在抽屉里，但是不要做危险的事哦。"就这样，轻易地答应了他。

经过四五天的练习，阿尔多即使在夜间也能准确地击中远处的目标了。

一天晚上，阿尔多埋伏在牧场的阴影里，瞄准了从后门出来的拉雷。只听乓的一声，拉雷当场倒下。

为了不留下指纹，阿尔多小心翼翼地擦拭了手枪，然后悄悄地让哥哥的手握住枪。

第二天，当地报纸用很大的篇幅报道了牧场主拉雷自杀身亡的消息。报道上说，他完全上了骗子的当，亏了一大笔钱。

夺取了牧场主之位的阿尔多，表面上装出为了偿还哥哥的借款而大吵大闹的样子，内心却在窃笑。虽说如此，由于哥哥的死，他白天就感到有些不舒服，到了黄昏时突然觉得身体难受。在痛苦地挣扎了一番之后，他也死了。

其他人完全搞不懂他的死因。医生断定，他是被巧妙地毒死的。究竟是谁下的毒，又是怎么下的？六年过去了，事件还是没有解决。

那么，诸位，下毒的犯人是谁呢？人们偶然发现了哥哥拉雷草草写下的自白书。只要读过，诸位就会明白。

"弟弟是我的重担。弟弟不应该活着。我想除掉他，每天都等着机会。运气很好，他在玩我的枪。

"我想到了在手枪的扳机上涂毒的办法。因为阿尔多有舔手指的习惯。这一招肯定会成功的。我今晚想试一下。他死了的话，我就……"

*《毒杀物语》最初刊载于东光堂《炎》第 3 辑，1959 年出版。

# 治虫夜话　第一夜　荒唐的惊悚剧

大抵来说，漫画家这种人，都是比别人和善一倍的家伙。偶尔也会看到他们特意摆出一副强硬的神色，叫人心里觉得"这家伙要去干什么了"，可是，他回来的时候却呵呵地笑着，吃着馅蜜①；就像这样，他们经常让人失望。

特别是那些画惊悚漫画的家伙们，他们是从哪里画出那种双重人格般的、令人毛骨悚然的东西来的呢？看他们的脸只会觉得，他们可能连虫子都不敢拍死。我也被人这样说过："手冢没能成为医生真是太好了。如果开了诊所，大概会把人大卸八块的。"虽然连杂志编辑都这么说，但我本人却是一个很和气的和平主义者。

所以，漫画家身边的惊悚之事，充其量只是喝完酒之后被不良少年纠缠这种程度而已。可是，《影》的山田先生却约我撰写"惊悚随笔"。为了开始这个话题，我必须从我经历过的一件事说起。

那是在战争期间——已经是将近二十年前了——我在大学的

---

① 一种日本甜点。

解剖教室工作时的事。

教室里放满了因轰炸和营养不良而死的人的遗体。全裸的遗体整齐地排着，似乎充满了怨恨。我们要一具一具地分解这些遗体。

这时，一则非常怪异的谣言开始传播。据说，遗体的肉在一点点逐渐减少。

被分解的遗体会在一天之内处理完毕，第二天会被照原样缝好。可是，第二天去教室一看，总觉得少了点肉。

只能认为是有人偷偷地趁着这个机会偷肉。

这时，又出现了一则奇怪的新闻。据说，食堂的夹肉面包有点福尔马林的味道。

众所周知，战争期间，我们在食堂吃的面包里塞着各种各样的糊弄人的馅。

但是，有一天吃面包的人说："啊，面包里有骨头！"引起了一场大骚动。

发展到这个地步，我们实在无法坐视不管了，于是就在解剖教室前熬夜守着。

在幽暗之中，静得仿佛一根针掉在地上也能听见。只见一个人影提着一个大提包，悄无声息地进了教室。

我突然认出了那个人。他是经常在食堂后面走来走去的老爷爷。

老爷爷走近遗体旁边，开始把切成细条的肉片抓到提包里。在黑暗的解剖教室中……

不久之后，老爷爷注意到了我们，露出通红的牙龈，咧嘴一笑。

就是这样的体验。那之后怎么样了？算了，别写了吧。不好看。

虽然这样收尾感觉有点不好意思，但其实就是这么回事。事实上，我们学生连解剖的知识都没有（因为上的课几乎都是军训），就这样把遗体分解，善后工作简直不堪设想。被撕开不管的肉片就交给了苍蝇，实在是极度不卫生。所以，校工每天晚上都会把碎肉片清扫干净。食堂里散发出福尔马林的气味，是医院的过错，吃出来的骨头也是普通的牛骨或猪骨。

我们很少看到这种能用道理说通的惊悚故事，大多数惊悚故事都是莫名其妙的怪谈。我将它们命名为"荒唐的惊悚剧"。所谓"间谍电影"就是其中的代表。

这间解剖教室旁边的楼梯距离下面的平台有十三级台阶。如果有人从下往上走，就和走上有十三级台阶的绞刑架一样，在途中会感到很不舒服……虽然有过这样的传言，但这也近似于怪谈。

横山隆一①先生是童话的专家，他讲过这样一个故事：一群粗野的男人正在呼呼大睡，他们的身上突然出现了蛆。

虽然有"死了老婆的男人生蛆"这句俗语，但当人们慌慌张张地进行了一番大扫除之后，发现天花板上有一具老鼠的干尸，蛆是从那只老鼠身上冒出来的。

还有一个更吓人的故事。在我熟识的俄罗斯文学研究家原卓也②先生家里，一天深夜，只听啪嗒一声，一条蛆掉到了床

① 横山隆一（1909—2001），漫画家。
② 原卓也（1930—2004），俄语学家、翻译家。

铺上。

第二天检查天花板上面的结果令人吃惊。那里是猫的墓地。猫绝对不会让人类看到自己的尸体，因此就跑到原先生家的天花板上面死去了。那里重重叠叠着变成干尸的猫、只剩骨头的猫，以及濒临死亡的猫，看起来十分吓人。

在那之后，原家的人接二连三地生病了。从这一点上，也可以把这个故事归入怪谈之列。

说到天花板上面，讲谈社经常把漫画家关到一间配楼里赶稿，那楼里有一个平时不打开的房间，据说以前发生过杀人或自杀事件。有一次，我被关赶稿的房间偏偏和那个房间相邻。

窗外的雨沙沙地下着，我睡觉的时候，听到天花板上面响起了嗒嗒作响的脚步声。脚步声从那个平时不打开的房间的方向传来，越来越近，最后正好走到了我睡觉位置的正上方。

过了一会儿，脚步声嗒嗒地离去，可是又过了一会儿，它又走了回来。

我全身颤抖不已，甚至无法合眼。

脚步声在我的头顶走了一整晚。第二天早晨，雨停了，我惊慌地去找编辑说这件事。

我们查看了一下天花板上面，却什么也没有发现。

我听到的，其实是斜贯在天花板上面的房梁被雨滴敲打的声音。

那个平时不打开的房间和我的房间的顶上是同一根房梁，雨滴顺次从那边到这边，从这边到那边，来回啪嗒啪嗒敲着，就发出了这种声音。

哎呀哎呀，漫画家的惊悚经历，充其量就是这样了。与其写这些，下次还是写些可以作为谈资的惊悚之事比较好。

\* 《治虫夜话 第一夜 荒唐的惊悚剧》最初刊载于日之丸文库光映社《影》第 33 辑，1959 年 7 月 1 日出版。

# 治虫夜话　第二夜　舞台上的惊悚剧

　　"影"编辑部的中村先生以前似乎在一家名叫"关西民众剧场"的剧团里做过演员。

　　话说回来，十多年前我也曾经在同一家剧团待过，上过舞台，是一个可以说出"哎呀哎呀，好怀念啊"这种话的人。

　　当时，剧团正在大阪的朝日会馆堂堂（？）①地推出《罪与罚》和《罗密欧与朱丽叶》两部戏剧，我们跟其他地方的奇怪剧团完全不是一个档次的。《罪与罚》在舞台上搭了三层楼的布景，场面算是相当豪华了。

　　虽说如此，需要上到三楼的演员只有我和另外两三个人而已。而且，戏剧里发生杀人案件的房间就在三楼，所以三楼十分昏暗，从三楼往观众席望去，也是一片漆黑。灯光晃得人睁不开眼，脚下还摇摇晃晃的。我演的角色表面像个小丑，但其实不是小丑，而是悲剧的主角。不过呢，看到我战战兢兢的样子，观众们都会哈哈大笑。还有，虽然在我登场的时候，灯光会照到我身上，但在我的戏份结束的时候，灯光就会熄灭，使

———————

①　原文如此。

我完全陷入黑暗。更何况，只有通过安装在布景背后的梯子，才能从三楼爬下去，而很不幸的是，我是天生的夜盲症。

在那之后，我是如何每天花二十分钟时间，冷汗直流地紧紧抓着梯子，为爬下去而努力奋斗的，请诸位想象一下吧。

自从那时以来，我就意识到，如果利用舞台上的照明和黑暗，就可以创造出全新的、了不得的惊悚效果。

可是，不久之后，在伦敦发生了一起和我的构想一模一样的杀人事件，让我有些被吓到了。

在一座有名的剧场里，扮演女主角的一位美丽的（？）① 大妈应该站在高高的脚手架上，面对下面的男人说出长长的台词。

就在台词说完，演员准备离开的时候，舞台上的灯光突然急速地明灭不定起来。不仅如此，舞台各处的照明设备全都噼噼啪啪地闪起了电火花，看起来就像烟花。

突然，这位大妈脚下一个踩空，倒栽葱地摔了下来，受了重伤，被送到医院之后，就在那里去世了。

在配电室里找到了指纹。犯人是一个十六岁的少年。

犯人知道，这位大妈在走下脚手架的时候，总是（为了显示自己年轻）很勉强地一次走两三个台阶。

于是，为了搞恶作剧，他就带着给大妈找个麻烦的心情，乱动了配电室里的灯光开关。

在宝冢剧团也发生过一起大概是全世界独一无二的事故，一名演员被舞台的升降机腰斩了 ②。

---

① 原文如此。
② 这是一起真实的事故，发生在 1958 年 4 月 1 日。

事故的原因，是演员裙子边缘的金属箍被升降机缠住，在腰上越勒越紧。当舞台导演听到演员垂死的尖叫，赶紧跑过来，把她从升降机上抱下来的时候，她的下半身已经没有了。凡是读到这则报道的人，恐怕没有不毛骨悚然的吧。

说到把舞台和观众席结合在一起的惊悚场景，最有名的应该是《哈姆雷特》里的"戏中戏"了。哈姆雷特把自己的父亲被害时的样子编进戏剧，让身为凶手的叔父去看；莎士比亚出色地描写出了那种惊悚的感觉。

希区柯克的电影《欲海惊魂》[1]也很好地抓住了描绘病态心理的演员的恐怖感，《歌剧魅影》这种鬼故事[2]营造的氛围同样颇有趣味。

英国的普里斯特利[3]是一位有名的剧作家，不过这里要说的是他的短篇小说《魔王》[4]。"早川袖珍推理"已经翻译了这篇小说，可能有很多人看过，但我还是在这里把它的概要讲述一下：在一个乡下小镇，一个演技拙劣的巡回剧团即将公演。可是，扮演主角的艾尔顿却饮酒过量，失去了踪影。

剧团发疯似的寻找可以替代艾尔顿扮演主角——恶魔之王——的人。这时，不知从什么时候起，有一个男人站在昏暗的后台。看啊，他好像就是化身成魔王的艾尔顿。他堂堂正正地现身了。

---

[1] *Stage Fright* (1950).

[2] 原文如此。《歌剧魅影》不算真正的鬼故事。

[3] 约翰·B.普里斯特利（John Boynton Priestley，1894—1984），英国作家、剧作家。

[4] *The Demon King* (1931).

　　总之，戏剧开演了。可演出却变得十分奇怪。首先，舞台上的演员们要么开始说出自己难以启齿的台词，要么就是变得张口结舌，说不出话来。

　　往舞台上送出的花束全都当即枯萎。不明所以的观众们大声吵闹。同时，雷声阵阵，闪电熠熠，在这一片混乱之中，那个不可思议的男人像烟雾一样消失了。

　　如果你要问这个男人到底是谁——他就是化身成艾尔顿的真正的魔王。就是这样的结局。嘿嘿嘿……

*《治虫夜话 第二夜 舞台上的惊悚剧》最初刊载于日之丸文库光映社《影》第 34 集，1959 年 8 月 1 日出版。

# 明信片怪谈

他收到了一张明信片。至于是谁寄的，他可完全摸不着头脑。明信片的正面写着他的姓名和住址，而背面则用他不认识的笔迹写着——死于十月二十三日——只有这几个字。他很不高兴，把明信片直接扔进了垃圾桶。

第二天，写着同样内容的明信片又寄了过来。

而且是两张——

死于十月二十三日——

他吓了一跳，一时之间，连碰都不想碰这两张明信片。

他把明信片拿到后院，烧掉了。

明信片卷曲皱缩，冒出黑烟，燃烧殆尽。次日，又有三张明信片寄了过来。

又过了一天，寄来了四张。仅仅一天就寄来了四张。写着同样的话、同样的字。

——死于十月二十三日——

他拼命地通过邮戳去查地址，可是却发现，明信片竟是从日本各地寄来的。分布于全日本的某些人向他寄来明信片，似乎要预告什么。

他发出了尖叫。

等到十月二十三日这天，寄来的明信片已经多达一百五十张。

他甚至没有力气去撕毁明信片了，就把它们扔在屋里。

明信片堆成了小山，他连能坐下的地方也没有了。

邮递员把余下的明信片捆成一大捆，咚的一声放在他的门口。

他发出呻吟，面如土色，无力地摇着头。到了这天傍晚，明信片几乎堆到了天花板。他躺在堆积如山的明信片里，一动也不动；房间里暗了下来，他凹陷的脸颊被阴影覆盖。


\* 　 \* 　 \*


侦探推理动作漫画系列《XYZ》的悬赏页。

"上个月刊载于本栏目的谜题——

他会死于几月几日？"的正确答案是"死于十月二十三日"。

此外，由于编辑部的疏忽，在收信地址中，本出版社的名字"中村正美堂"遗漏了"美""堂"二字，又将"请务必写明住址及姓名"误印成了"请勿写明住址及姓名"。已有许多读者来信询问此事，给各位读者造成不便，在此深表歉意。

由于上述原因，本次猜谜活动的回答全部无效。


\* 　 \* 　 \*


他——中村正——非常倒霉，就住在"中村正美堂"所在的街区。明信片全都误寄到了他家。

＊《明信片怪谈》最初刊载于铃木出版《X》第四号，1959 年 10 月 23 日出版。

# 幸福的小白鼠

我把被选中的五个人叫到了 R 公园旁边的咖啡馆里。虽说是被选中的人，但也没有什么标准。硬要说的话，我只是从这座大都会 QQ 市的喧嚣中，选出了最平凡的人物。那天晚上十点，五个人按照他们收到的纸条上所写的时间集合了。

"这是什么广告宣传吗？"E 开口说道。

"这是无聊的恶作剧！"B 看了看手表。

D 惊慌失措地说："我必须赶紧回去做作业。"

C 笑着说："经纪人说，这是粉丝的鬼把戏，叫我不要上当，但我还是来了。"

"不管怎么说，充其量只是一条花边新闻罢了。"A 说道，喷出一口烟雾。

就在这时，我出现了。

"很抱歉，把大家叫到这里。"

五个人瞅了我一眼，分别在心里评价着我。"你找我们有什么事？"B 问。

"我想先问一下大家的日常生活——粗略地了解一下，大家平时过着怎样的生活，然后再告诉大家极其重大的事情。"

　　A 首先露出厌烦的表情："嗨，原来是竞争对手啊。"A 是日刊 M 报的社会部记者，活动半径看似宽广实则狭窄：报社——事件现场——记者俱乐部。除此之外，就是采访和酒吧。不要说其他城市，就连郊县也设有报社的分局和联络局，所以他几乎从不离开 QQ 市。哪怕是星期天，也很少在公寓里休息。

　　B 是国税厅调查局的部长。在堆积如山的文件的阴影下盖章，就是他工作的全部。他默默地工作了三十年。无论是酒还是女人，嗜好都维持在适当的程度。有两个孩子。绝对是个井井有条的人。

　　C 是十九岁的少女。爵士乐歌手。为自己的人气自命不凡。在车里睡觉和吃饭、从一家电视台到另一家电视台、拍摄宣传写真、出席粉丝见面会，每天都重复着这样的生活。

　　D 是中学生，整天忙于看电视和做作业。

　　E 是家庭主妇，从西式缝纫学校毕业后，一边忙于家务，一边在家开班教授西式缝纫。

　　以上的调查，是我在一天之内完成的。

　　"但是大家都有一个共同点。那就是休息、消遣的程度——绝不会改变日常生活。想要的东西即使不远行也能拿到手，每天关注的新闻都是既激动人心，又容易忘记的。没错吧？"

　　"你想说什么？"

　　"也就是说，大家的生活都被标准化了。这是一种巧妙的手段，可以让大家的心理放松，不会去关心其他的问题。"

　　"手段？是政府干的吗？"B 好像很困惑似的问道。

　　"不，我是说五车二第十行星人的手段。大家相信这里是地球吗？"

"说什么相信不相信的，这里不就是地球吗！"

"NO。这里不是地球。请冷静下来，听我讲。大家曾经住在地球上，但是有一天飞碟来了，让 QQ 市的所有市民都睡着了。牺牲者一个接一个地被放在飞碟上，被送到了这颗第十行星。第十行星人在这里建造了一座假的 QQ 市，连一草一木都模仿得一模一样。所以大家醒来之后，根本想不到自己正在其他天体上，就这样一直持续到今天。

"奇怪的是，大家所有的生活都只限于 QQ 市之内，外界的新闻都是通过上级传达的形式通知的，游客也只能走规定的路线。使大家对此毫无疑心的，正是五车二第十行星人。我简直要敬佩他们的这种政策了。我才是真正来自地球的人。为了把真相告诉大家，我来到了这里。"

"这家伙很奇怪啊！""让我看看证据！"他们盯着我，向我逼问。

"当然，证明这一点很简单。请到这边来。"

我让大家上了火箭，让他们看向舷窗外面。QQ 市的霓虹灯犹如珠宝盒一般，早已司空见惯。我加速飞往郊外。灯火消失了。又过了大约一个小时，一个人突然惊叫起来：

"呀，天空的颜色变了。这彩灯的颜色也太奇怪……"

这句话还没说完，犹如屏风般的山脉就逼近了，火箭飞向它的背后。

"请看，这就是这颗星球的真面目。"

E 发出尖叫，A 的脸色发白。在布满裂缝、衰老不堪的大地上，长着像红黑色的水蛭一样的植物。天空则变成了紫色。

"这颗星球上的人想把地球变成殖民地，QQ 市被选为了样板。再没有比都市人更加无国籍、更加容易迎合的人种了。大家在这颗星球上被饲养，被秘密观察，并且被奴役。这就是大家的命运。你们要回 QQ 市吗？还是要回地球？"

大家哇的一声叫了出来，给我跪下了。

"请放心，我现在就把机首转向地球。您可能很担心自己的家人，我改天会把他们也救出来的。"

我把速度提高到光速的百分之二十五，怀着达成目的的满足感，笑了起来。大家看到地球的身影后，也松了一口气，为彼此的幸运祝福。


一个月后，我调查了这五人在那之后的生活状态。

A，无异常；B，无异常；C，同上；D，同上；E，同上。和那边的生活相比，毫无变化。生活被适当地标准化，被媒体牵着鼻子走，满足现状到略显可悲。

这样就好。

我乘上火箭，将用远摄镜头拍摄地球的立体胶片和摄有蔫巴巴的五车二第十行星的实拍胶片再次装到舷窗外面。

好啦，又该去地球了。再拐五六个人吧。不管怎么说，地球人又勤奋又愚顽，干我们这行的人对他们的评价可是非常高的。


*《幸福的小白鼠》最初刊载于日本出版协会《日本读书新闻》，1962 年 1 月 1 日出版。

# 身边的那家伙

S 先生注意到他的存在，是在某个晚上的派对上。

虽然是只有亲戚参加、舒适而安静的小派对，但 S 先生却在自己的身边感到了别人的气息，他吓了一跳。对方正紧紧地挨着 S 先生的身体；对方的气息非常奇怪，就 S 先生所知，那气息并不属于自己的任何一个亲戚或部下。S 先生目盲的双眼痉挛着，大声喊叫：

"这个房间里有多少人？"

大家被他突如其来的问话吓得目瞪口呆。

"十三个人。"

"那，为了慎重起见，一个一个报上名来。"

人们面面相觑，一个接一个地报了名字。

"真的就这些人吗？"

"哎呀，爷爷，难道还有谁在吗？"

"还有一个人，在我身边的是谁！"

S 先生一边摇晃着轮椅一边咒骂。

"从刚才开始，这家伙就坐在我身边，一直盯着我看。你们是商量好了一起来戏弄我的吧？别瞒我了，告诉我这家伙是谁！"

"虽然您这么说，可是爷爷身边没有任何人啊……"

"够了！你就把我当傻瓜吧！"

派对顿时冷场，客人们一个接一个地回去了。人们对坐在轮椅中筋疲力尽的 S 先生冷眼旁观，而 S 先生则在心里不断骂着："你们都是些爬在白糖上的蚂蚁！谁会把遗产分一丁点给你们！"

事实上，S 先生和他的亲戚之间的联系，只是靠他亿万财富的力量维持着。如今拥有六十多个社长和会长头衔的大财阀 S 先生，曾经是个一天只吃一顿饭的穷书生。正因如此，他才一毛不拔地存钱，为了钱，甚至背叛了朋友。他的存款与日俱增，和他亲近的人却日渐减少。终于，当所有的朋友都与他为敌的时候，作为代价，他得到了事业的巨大成功和煊赫的名声。他变成了一个除了自己和金钱之外什么都不相信的人。

巨大的灾难突然降临到他身上。在交通事故中，他受了重伤，几个月来都在生死线上徘徊。最后，他失去了视力，半身不遂，但还是出院了。

"什么呀，他不是因为对生命执着，只是挂念金钱罢了。"

人们在背地里这么说道。但就算是 S 先生，也因为这次事故而感到了不安和孤独；他想到，可以召集亲戚来开一个派对。这对 S 先生来说，要下极大的决心。可是，这最终也没有使他得到满足。

S 先生想去迄今为止他几乎完全没有兴趣的闹市区看看。管家与他同行，轿车在交错着霓虹灯和欢声笑语的繁华大街上静静地跑着。

"那个能听到特别热闹的乐队的，是什么地方？"

"那是本市首屈一指的夜总会 R……"

S 先生想起，别说恋爱了，他一辈子几乎没和女人交往过。

"去那里。"

"遵命。"

很快，S 先生感到自己被抬进了喧嚣和女人的体味之中。一个像小鸟一样的姑娘坐在 S 先生旁边。

"这位先生就是著名的 S 财阀会长。切勿失礼。"

"啊，是吗？"

姑娘用混杂着敬畏和兴趣的声音说道。

"爷爷，请在这里安心享受，我叫麻理。"

"麻理是吗？你为什么在这家店工作啊？"

被他问到的姑娘天真无邪地讲述了自己的生活、客人的种类，以及流行的事物。S 先生就像听到山鲁佐德的夜间故事的山鲁亚尔王 ① 一样，不停地催她多说一点。

"请一定再来哦。"

"嗯，下次再来。"

被送出门之后，老人的脸上前所未有地闪耀着霓虹灯的光芒。

其后，S 先生频繁前往 R 夜总会，麻理像对待父亲一样侍奉 S 先生。在她尽心尽力的侍奉中，残留在老人心底的青春碎片仿佛被挖掘而出。

"麻理呀，今天跟我一起去海角兜风，怎么样啊？"

---

①《一千零一夜》中讲故事的王后和听故事的国王。

"太好啦。我会开车哦。"

"这样啊。那，今晚就让咱们两个幽会一番吧。"

S 先生表现出与年龄不符的欢脱，让麻理把控方向盘，把车开到了海角。可是，开上观光公路之后不久，S 先生突然叫了起来：

"在你和我之间的那个人是谁！"

麻理吓了一跳。

"只有爷爷和我两个人哦。没有其他人啊。"

"不，有人坐在我旁边！为什么你没有告诉我？"

"哎呀，我可没让其他人上车。"

"你撒谎，确实有人在那儿！你一定是欺负我看不见，让年轻男人也坐上车了吧？然后，你们两个人，想要捉弄我……"

"别说傻话了！"

"什么叫傻话？你才是撒谎的、不要脸的女人！"

麻理大发雷霆。

"那你自己开车回去好了！"

她粗暴地打开车门，飞快地跑走了。就在这时，旁边的人的气息突然消失了，一片静寂笼罩着老人。

他只好坐在车里，等了好几个小时，终于在巡警的保护下回到府邸。从那以后，S 先生就把自己关在房间里，一步也不想出门。无论是自动唱机播放的音乐唱片，还是管家向他传达事业兴旺的声音，都已经无法唤起他的任何兴趣了。

"我一直孤身一人。这就是我的人生。"

有一天晚上，他正迷迷糊糊的，突然感到旁边传来了那种气息。

"你是什么人？"老人无力地问，"为什么要这样缠着我？我不会为你做任何事，就算和我交往，也不会有任何好处。"

对方没有回答。但是，老人产生了继续和对方说话的兴趣。他向对方谈了一夜自己的人生观。渐渐地，他开始对对方产生了一种说不出的亲切感；对方安静地倾听着 S 先生说出的每一句话，既没有嘲讽和建议，也没有否定和肯定。S 先生觉得，他才是真正可以谈心的朋友。

"我啊，第一次找到了可以信任的人。那就是你。"

老人寂寞地笑了。

"我已经活不长了。但是，有了你这个谈话对象之后，即使时间很短，我也感到了内心的安宁。我很幸福。"

老人和身边的他的交流，完全不为旁人所知，就这样持续着。对方再也不会消失，当 S 先生病情恶化，躺在床上的时候，他甚至想一起睡在老人旁边。S 先生很高兴地向对方让出了一部分床。老人得到了可以一直聊到临终的朋友。

终于，到了最后的时刻。亲属们聚集在床边。

老人在脸上洋溢着喜悦，迎接大家。

"相信别人，是一件多么快乐的事啊——这是他教给我的。我把遗产分给大家吧。我愿你们使用这些遗产，获得成功……"

老人静静地闭上了眼睛。过了不知几个小时之后，S 先生突然恢复了意识。不知为何，周围正在喧闹纷扰着。他很疑惑。最重要的是，旁边的他……

他不在了！没有任何气息！

怎么了？你上哪儿去了？

老人拼命地找他。突然，他听到一个亲属悲伤地说：

"是的，爷爷的遗体已经送到追悼会现场了。"

——是我的遗体吗？

S先生愕然了。如果身边的他就是我的话，那么，到现在为止的我自己又是什么人呢？

"然后，葬礼结束之后，"说话声继续着，"还要还给F研究所吗？"

"等一下，这是怎么回事？"

S先生拼命地喊着，但终究没能发出声音。

**F研究所的M博士的发言（摘自次日的新闻报道）**

经济界的巨擘S先生以前遭遇交通事故，被送到中央医院时，我从他的亲属和董事那里秘密地接受了一桩重大的委托。

这些人担心他的去世会导致庞大的S财阀崩溃，于是向我提出了这桩委托。因为在S财阀的所有事业中，都贯彻了S先生一人独掌大权的制度。

我在S先生身上应用了综合人造躯体手术。之前，这项手术已经在本研究所秘密地进行了动物实验。

人造心肺、人造肾、人造血管等器官都已经进入了应用阶段，但是，把这些器官综合统一成一个人造躯体的研究却碰壁了。因为只有人造植物神经系统才能把它们结合起来，使它们互相作用，可我们几乎不可能造出植物神经系统。

然而，本研究所却以不完整的形式成功实现了人造躯体的目标，使S先生部分机器人化的躯体生存了相当长的时间。

在手术后得到恢复的S先生只保留了大脑和一部分脊椎，几乎变成了一个人造生物。S先生大概直到去世都对此事一无所知。

不过，人工器官可能还是会使他感到极为轻微的异物感。对于 S 先生来说，虽然我们不清楚这种异物感是以怎样的感觉综合投影在他的头脑里的，但可以猜测，浮现在他的脑海里的，恐怕会是一个朦胧的人形（根据亲属的说法，S 先生经常会产生身边有人的错觉）。如果真的是这样，那么这个人其实就是 S 先生自己的身体。

S 先生死后，他的大脑被人从人造躯体中摘除，虽然暂时在现场被放置了一会儿，但现在已经在 F 研究所变成了酒精浸泡标本。

只是，无法确定摘除工作是否真的是在 S 先生"脑死亡"之后进行的。

*《身边的那家伙》最初刊载于中央公论社《小说中央公论》1962 年 10 月号。

# 第七天

## 第一幕　地点——伊里贝多拉布教授的穹顶建筑

大幕拉开之后，香气顿时充满舞台。人造花一齐盛开，撒下合成花粉，随着些微的引擎声，人造蜂正在采集花粉。用特殊塑料制成的鸟儿的颜色和声音，是教授反复斟酌上百万份资料后创造的最伟大的艺术。含有臭氧的空气从地下的储气槽中喷出，在人造太阳的光芒下，满眼的绿色闪闪发亮。教授傲慢自大地吸着烟斗。一名机器人登场，走近教授。

"伟大的主哟，俺有一点小事想问问您，您老不会生气的嘛？"

"你要问啥子哟，佛摩西亚？"

"俺是被您老造出来服侍您的，已经好长时间嘞。就是咧，您是咋把俺住的这个世界造出来的哦？俺想听听这个作为精神食粮，就来问您嘞。"

"你这家伙，咋想问这种事嘞？那俺就跟你讲讲呗。俺造这座穹顶，是觉得世间纷纷扰扰太烦了，就想逃开，把俺封闭在只属于俺自个的世界里。于是嘞，首先，俺造出核能灯，吊在穹顶的天花板上。"

"首先嘞，要有光。"

"你在记啥子哦？"

"俺在把您老的话记下来。俺想把这整理成一本书，您老继续讲。"

"第二天，俺合成了空气跟水。下一天，俺创作了树跟草，又制造了虫跟鸟。第七天，俺创作了你，来当俺的仆人。总共花了七天嘞。"

"您用七天造了这个世界嘞！啊呀，了不起呀了不起！这简直就是奇迹嘞！"

"随你咋说！那啥，你说你想要精神食粮，是咋回事哦？"

"嘿，俺觉着吧，俺也想造点什么玩意嘞。"

"你？这还真是重大进步嘞。"

"是嘞，俺也有俺的考虑。就跟您老讲的一样，俺也觉得跟这个社会交流太烦嘞，简直受不了嘞。所以嘞，俺也想造一个只属于俺的世界，躲进里面去嘞。"

"你说，跟社会交流，不就是跟俺交流吗？你这憨包！"

"哎哟，真对不住嘞。所以嘞，俺就想照主说的，造个什么玩意出来。俺是照着主的形象被造的，就连语气都一模一样。主能做到的，俺不可能做不到嘞。"

机器人意气风发地退场。


## 第二幕　地点——机器人的实验室　七天后

机器人兴奋地在奇怪的警报声中跑来跑去。他面对着一个闪闪发光的球体，球体中充满气体。教授登场。

"咋样了哦？造好没？"

"嘿，造好嘞。俺自个一个，就把这个造出来嘞。"

教授吃了一惊。

"这是啥子玩意哦？"

"这是俺创造的世界。在那对面正游着的，就是俺的仆人。"

"仆人？就是那个棒棒糖似的玩意哦？"

"是嘞。俺是老老实实地在第七天造他的。模样是有点怪，但那也是物质组成的，跟俺是一样的嘞。"

"哎呀，这可真是大发明哎！你新创造了一个生命体嘞！"

棒棒糖轻飘飘地飘了过来，似乎在和佛摩西亚说话。佛摩西亚冷笑了一下（因为是机器人，所以只是做出笑的样子），迅速变得傲慢自大起来。

"你说了啥子哦？"

"俺叫他管俺叫造物主嘞。"

"你是造物主？你这瓜屄！你不是俺的仆人，又是啥子哦？不管咋说，就算你造了个怪物出来，只要俺还是你主人，俺就不能允许你管自个叫造物主！"

"您等会儿。这个穆——穆是这玩意的名字——好像说了啥子。"

"他说啥子哦？"

"他说，伟大的主哟，俺有一点小事想问问您。"

"要是问俺的话，俺就是你的主人，懂了没？"

"您老可真是啥都不懂。这是俺的世界嘞。嗯，嗯，他想问俺，主是咋把这个世界造出来的哦？那俺就跟你讲讲呗。"

"你这学人样的玩意！你这贼娃子！那不是俺教给你的嘛！"

"就是嘞，俺照着恁老教的告诉他嘞。啊？啥子？你说啥子！你这龟儿子，你想造反不成？"

"咋嘞？"

"穆说，侍奉俺太烦嘞，简直受不了嘞。所以就想照着俺的话，他自个再造一个别的世界，去那儿住。你这遭雷劈的，你能造个啥子？你不是俺的仆人，又是啥子？"

棒棒糖飘飘摇摇地飘远了。机器人目瞪口呆地目送着它。

"那个乌龟王八蛋，说是要用七天造个什么玩意出来。恁老，这事这样了，俺该咋办？"

"你问的这个，俺七天前就想知道嘞。"


### 第三幕　地点——之前的庭院　几个月后

伊里贝多拉布教授正在往花坛的管道里注入核燃料。机器人连滚带爬地登场，撞到了教授。

"恁老，不好嘞，俺的那个龟儿子穆回来嘞。"

"那关俺啥事？爱高兴爱生气，都随你的便呗。"

"您听俺讲。穆花了七天，居然造了个跟俺这个水准差不多的世界。那个穆的仆人，就跟俺似的，又造了穆的反嘞。他说要造一个他自个的世界，就跑嘞。"

"你讲这个，关俺啥事哦！"

"您听俺讲啊。那个穆的仆人造的世界，是超越时间跟空间的，超次元的世界。穆的仆人在那个世界里，先是造了光，然后造了天跟地，然后在地上造了水，让鱼在水里游泳，还造了树跟草、虫跟鸟，让它们在那个世界里住。"

"啥子？"

"第七天上，他造了个叫人类的仆人。可巧了，那仆人跟恁老您长得一模一样。简直就是一个模子刻出来的。这可咋办嘞？"

"那，那是啥时候的事啊？"

"您是这么问啊，可那是超越了时间跟空间的次元嘞。兴许是几千年前、几万年前的事嘞。对嘞，那个仆人肯定早晚也会被自己的仆人造反嘞。那个叫人类的玩意，也不晓得下次会造个啥子世界出来哦？恁老，您咋嘞？恁老心情不好吗？俺讲了啥子不对的话吗？这不是跟恁老您没的关系的事嘛？"

*《SF 自由幻想 第七天》最初刊载于早川书房《SF 杂志》1963年 10 月号。

# 格列佛游记

## 1

我实在无法忍耐，从火箭的舱门里滚了出来。身体仿佛支离破碎，触觉如同从脚尖逃走了一样，这种痛苦就是所谓的绝望吧。

就是传说中的"晕重力"吧？由于我长年离开地球，我的身体已经把地球的重力视为一种极度异质的东西，从而产生了排斥现象。这实在是太猛烈了。虽然眼花的情况有所好转，但头痛比喝了伏特加之后的宿醉还要厉害。

这里是浅滩，在太阳的照耀下，天空呈现出紫色。而且，这里这么冷！一切都很奇怪。这里是地球吗？赤道直径为12756千米、质量为6乘10的21次方吨、平均密度为每立方厘米5.52克、力学扁平度为0.00327237±0.000059、平均刚性率为11.7乘10的11次方……

根据火箭自动测量的数值，这里毫无疑问就是地球。可是，这算什么返乡啊！我全身发抖，朝着岸边走去。

岸边长满了奇怪的绿草，或者是青苔吧。我拔起一根观察，不是青苔。那下面还有什么蚂蚁似的生物逃走了。

另一边延伸着连绵起伏的低矮丘陵，连一棵树也没有，也没有鸟、狗，以及人影。在远方的浅滩那里，大海拍打着波浪，呈现出宁静而令人心里发毛的蔚蓝。这里不是我的故乡。它快要毁灭了。这是地球濒临灭亡的景象。在我离开的二十年间，究竟发生了什么事情？

突然，可怕的孤独感向我袭来，我伫立不动。人类究竟怎么了？那些像蚂蚁一样的小虫子一直在我的脚下跑来跑去。它们就是地球上最后的智慧生物吗？

## 2

火箭上的通信机响了起来。

我返回浅滩，跳进火箭，把通话器贴在耳朵上。我听到的肯定是英语！我不禁怀疑自己的耳朵。

"你把三十英亩的农场给毁了！我要求你赔偿损失。六千美元！"

"你……你在哪里呀？"

"海岸上！在你难看的脚印上！"

我原地跳起一米高，瞪着眼睛望向海岸。……是人类吗！那蚂蚁……那只有一厘米左右的小虫……

"你们怎么这么小啊……"

"你把道理弄反了。你应该问'我怎么这么大'才是。"

"你说我太大了？你觉得你们的尺寸才正常？明明是身长一厘米的……"

一边说着，我突然恍然大悟。那丘陵、那海……如果它们是正常的，高几十米、深几十米的话……那就是原来地球的样子啊。这样说来，果然我的尺寸才是不正常的吗？

"我是这一带的民政官，叫F。根据手续，我必须问一下你的身份。"

"我叫伊万·佩佩鲁摩科维奇·格列佛。我在小行星厄洛斯上采了二十年铀矿，由于合同到期，这才可以回来。在出发前，我明明和你们是一样大的。可是……这种怪事以前发生过吗？"

F先生说，这个问题专家早晚会解决的，他还说，要是我想和起诉我损坏财产的人和解，就要帮他的忙。由于我付不出六千美元，只好不情不愿地答应了。作为下任州长的候选人，他叫我帮他助选。

我所谓的工作，就是向地面大喊：

"请投F一票！请把您公正的一票投给F！"

这样就可以了。我没有办法，就用笔记本上的纸卷了个喇叭，每天都喊到嗓子发哑。不管他们愿意不愿意，有几万人每天都听着我的声音从天而降。

"请投F一票！请投给真正的民众先锋F一票！"

我的声音恐怕比喷气式飞机的噪音都大。

我有过一次事故，打了一个大喷嚏，吹飞了十个人左右。不过，万幸的是，那好像是敌对候选人的演讲会。

终于，F先生当选了。

## 3

"谢谢你，格列佛先生。"

我突然听到通话器里传来了银铃一般的声音。

"你是谁？"我问。

她说，她是 F 先生的独生女 K。我往地上看去，依然和往常一样，只能看到两三只蚂蚁走来走去。

可是，听到了好久没有听到的女性声音，还是令我的心潮澎湃不已。

"你真可怜啊！"

她好像打从心里同情着我。

"你一定是得病了，爸爸说，他会往这里派遣一个学术调查团。但我还是觉得你应该吃药……"

很快，那些权威人士坐着看起来像打火机的汽车来了。他们像跳蚤一样爬到我的胸前，到处蠕动，还钻进了胸毛里。我强忍着伸手搔痒的冲动。

"哎呀哎呀！这真是罕见的病。就命名为'慢性发展性重力性细胞肥大症'吧！"

一个缺了牙的学者的声音从通话器中传来。

"不是因脑垂体异常引发的巨人症，好像也没有癌变的可能。"

"那么，到底是怎么回事！"

我喊道。

"就是说，重力的平衡崩溃了。只能认为，你身体的细胞组织承受不住小行星的重力，所以只得一直肥大下去。你的一个细胞现在足有一个鸡蛋那么大。"

"别开玩笑，哪有那么大的单细胞！"

"我说你呀，鸡蛋本来就是一个单细胞啊！"

接下来，学者们就鸡与蛋的关系展开了冗长的讨论。

我没来由地感到饿了，于是突然抖落胸毛里的学者们，朝海边走去。我在海里抓了两三条鲸鱼，把它们串起来，开始烤肉。


# 4

我伊万·佩佩鲁摩科维奇·格列佛在这几天里一直都很厌恶自己。我为什么这么大、这么丑呢？

就连我堆满污垢的毛孔，都常常展现在人们面前。我的一举一动，就像太阳和月亮那样，即使别人不想看，也不得不看——一想到这里，我就觉得难以忍受。

我现在才觉得山脉和河流是那样美丽，说来奇怪，我甚至有点嫉妒它们。

粮食问题暂时不用发愁，火箭上的食品合成机总算还能给我提供宇航食品。

K说，已经成立了"巨人对策协议会"。换句话说，这些人将会决定怎么对待我。是利用我呢，还是把我逐出地球？

比较麻烦的是，我太大了，没法帮忙进行建设。如果不特别特别谨慎小心，就总会犯下踩扁两三座房子，把人吹飞，或者把电线、水管踩断之类的错误。

协议会为我筹集了建设"巨人道路"的预算。也就是说，这是要防止我走来走去造成的损害。

我的行动范围被限制住了。但是，在我落魄而死之后，这条道路可以用来当作奥运大道，在这样的名义下，预算终于获得通过。

商人们也开始考虑怎么利用我。我的身体和脚上贴满了广告，使我看起来就像一块竖立在野外的广告牌。

可是，由于效果超群，就像报纸上的一版广告一样，我的身体的价值也上涨了。我的身体像肉牛一样被划分成各种部位，变成了"小腿多少钱，下腹多少钱"的情况。

我全身上下都是海报、霓虹灯和广告气球，随便到处逛逛，就能赚不少钱。

## 5

K 每天都会来找我。

话虽如此，我也只能听到她那宛如音乐一般美妙的声音，不管再怎么看，也只能看到像蚂蚁一样的小点。

"很不方便吧？你好可怜啊！"

"没事，没什么大不了的。"

"你不应该回地球来的。"

K 的声音听起来很悲伤。

"在宇宙里，一定有给更大的人类居住的星球。"

"可我是地球人啊。"

"我恨那些对你敬而远之的人，以及想利用你的人。你本来应该更加自由的。"

"谢谢你。"

——确实，我被她——不，被她的声音吸引了。我想讨她高兴。

## 6

有一天，新闻报道说，一个超强台风已经形成，正在向本土接近。是风速超过每秒六十米的超大型台风。如果让它登陆，一定会造成严重破坏。

我从火箭里拔出称手的导管，把自己的衬衫绑在上面，临时做了一面团扇，走向台风。

台风的确很强，连我都被吹得东倒西歪。而且其中还有雷电劈到我身上，造成了严重的烧伤。

但我毫不胆怯，向台风眼前进，拼命挥动团扇。

但台风完全没有减弱的迹象。

我立即返回火箭，把修理用的焊接器拿出来，噼啪噼啪地喷出火焰。

我刚一开始这么做，就引起了上升气流。台风的旋涡被打乱，逐渐崩溃了。

## 7

我瞬间就成了英雄，记者纷纷拥来，数不清的各种头衔扣在我脑袋上，积累起来的奖金数额极其可观，于是觊觎这些钱的银行和保险公司的人也冲了过来。

有钱还真厉害啊。迄今为止一直厌恶、反感我的家伙们一马当先，为我成立了后援会，我每天都会被安排上电视或拍电影，收到的粉丝来信也堆积如山。

可是，让我最为满足的，还是 K 的喜悦。她是所有人里最高兴的一个。

我想对她坦白我的心意。然而，即使我悄声说话，方圆四公里内的人也都能听见。

此外，更加令我担心的是，我的身体愈发庞大，终于高过了云层。

我已经没有办法住在地球上了。

就在这时，在一个夜晚，K 前来找我。

"格列佛，请你帮帮我们。"

"'我们'？"

"是啊。我们……由于爸爸不允许……没有办法结婚。"

"求你了，格列佛先生。"

传来了一个年轻男人的声音。

"我们没有办法在这个地球上结婚。"

"格列佛，我听说你要离开地球。求求你，把我们也带走吧！"

顿时，我完全死心了。但我想，至少应该让她得到幸福。

我——不，我们——挥别了地球。

然后，就像这样，我加入了你们。

能够找到你们巨人族的行星，是多么值得高兴的事啊！我已经完全忘记了，自己原本是从地球移民到这里的。

咦？你问他们现在怎么样了？他们幸福地过完了一生，她们的子孙大概已经繁衍了数万人吧。当然，用眼睛几乎是看不到的。

嗨，他们现在都住在我的身上呢。要不要转移个五六千人到你身上啊？我的身上已经开始变挤了，我觉得差不多该让他们移民了。

＊《SF 自由幻想 格列佛游记》最初刊载于早川书房《SF 杂志》1963 年 12 月号。

# 那个世界的终结

我把丈夫和孩子送出家门后，就无聊地坐着，等着附近主妇们聚会的时间。

既不用洗衣服，也不用收拾餐具——在没有报纸、杂志、电视……什么都没有的这个世界里，主妇们聚在一起嚼舌根，是我们生活中唯一的乐趣。讲述回忆、从被送来的人那里获得新消息，就是我们一天的全部。

即使丈夫去了公司，也不是为了工作。在公司，也不过是很多人聚在一起，说闲话消磨时间罢了。如果不这样做的话，我们总有一天会忘记一切，失去自己存在的意义。

我们一家人死亡的时候——我记得那是一场严重的交通事故，死了一百二三十个人，发生了什么，我差不多都忘了。孩子先死了，我们稍晚一点到这个世界，孩子一直在等我们。这里和那个世界几乎是一样的……家、公司、城镇……只是没有生产、消费、发展，以及活力而已。而且，我们对任何事物都没有清晰的印象。哪怕是自己丈夫，我也记不清他到底长什么样子、穿着什么衣服。丈夫就是丈夫，孩子就是孩子，仅此而已。

主妇们的聚会好像开始了。

我匆匆忙忙地跑去。在那个世界有一个叫 K 先生的人，他是这里的一位主妇的丈夫。丈夫还在那个世界活着，只有妻子被送到了这里。

"说到那个啊，据说就连那个夫人也不知道，她的丈夫还有七个女人。"

"竟然有七个——你是怎么知道的？"

"听说那些女人也接连不断地死了，来到了这里。和夫人见面之后，才知道真相。夫人很不甘心，想对丈夫表达怨恨，就去了灵媒那里。当然，那七个人也一起去喽。"

"哎呀，灵媒啊，听起来很有趣呢。"

所谓灵媒，当然就是担任和那个世界之间的中介。那个世界的灵媒死了之后，就会在这里做同样的工作。当然，其中有很多骗子，这在两个世界是一样的，但偶尔也有一些优秀的人可以和那个世界通话——我最近才知道，那个世界把这种事称为"幽灵"。

我们觉得很有意思，就去了那个灵媒那里。在 K 先生的夫人和另外七位女性面前，灵媒进行了精神统一，终于和丈夫联系上了。

"是我啊，老公。"夫人用充满怨恨的声音喊道。

"是你啊！"听到了丈夫的声音。

"我也在哦。""我也在哦。"七位女性一个接一个地开口了。现在，丈夫一定是被八个幽灵包围着，瞪着眼睛不断颤抖吧。

突然，发生了意想不到的事情。一转眼的工夫，丈夫就出现在这里了。也就是说，在那个世界里，丈夫突然死掉了。丈夫茫然若失地环视着主妇们。

"哎呀，真是的。你来啦？"

"你是怎么来的？总不会是被诅咒咒死的吧？"大家都惊呆了。

"我也不知道为什么会来。我还没感觉到自己死了呢。"丈夫有些愤愤不平地说。

接下来，妻子和丈夫开始打架，但先不管那个，奇怪的事情还没有结束。

到处都有和 K 先生遭遇同样命运的人，总数竟然有几十万人。

我的丈夫从公司回来了。听说到处都塞满了被送来的人，就连婴儿潮也无法与之相比。

第一批的突然死亡，总算还是限定在某些地区。然而，到了第二批、第三批的时候，全世界所有地区的人，从政治家到乞丐，从老人到婴儿，全都被送来了。

终于，到了第几十亿人的时候，这个过程突然停止了。

有人问最后一个被送来的人：

"你就是最后一个了吗？"

"啊，是啊。"

"不会再有人死了吗？"

"啊，一个人也不剩了。"

听到那句话，我发出了惨叫。正如那个人所说，在那之后，再也没有人被送来。灵媒不管怎么努力地跟那个世界联系也联系不上，最后也放弃了。对回忆的讲述和来自那个世界的信息，就是我们生活的全部。现在，在断绝了供给之后，我们已经没有办法阻止自己的记忆和意识逐渐淡薄下去了……而且，总有一天，就连我们的存在也会消失。

在那个因核战争而毁灭的世界里……在不知何时的遥远的未来，直到人类再次诞生为止……我能等到那个时候吗？真是不安啊。

\* 《那个世界的终结》最初刊载于故事特集社《故事特集》1967年6月号。

# 阿多福

"喂，我说你，又买了这么多？这回是哪儿的美容杂志啊？"

走出浴室之后，我对着躺在散乱满床的杂志上的妻子问道。

"荷兰的盖修迪比耶特出版社的。这回，又介绍了一种新的丑妆。"

妻子用带着强烈羡慕和憧憬的眼神看向杂志上的模特。

在那一页上的女模特，有着肥大而宽广的鼻翼和没有嘴唇的大嘴，仿佛要从边框中探出身来。

"耶曼·班·尤里埃·盖霍尔特族啊……从名字上看，简直是过去的遗物。"

"是啊，是还没有整形和形质转换时代的丑妆。多么美好啊！你看这糙糙的头发，全都是真的！"

据说，"丑妆"一词源自日语的"丑女"。

但是，它现在的含义已经完全不同，指的是"美貌难以方物的女子"。同义词为"恐龙"。

这种事，反正也无所谓。

我关上灯，开始亲吻长得像埃及艳后的妻子的鼻子。

"睡吧，今天没那个兴趣。"

"喊，最近你是怎么了？那种人简直是另外一个世界的人，和我们是无缘的。日本也不存在长得那么粗糙的人。只有在厚生省根据《优生保护条令》出资划出的特别居住区里才有。在他们中，只有一小部分人可以在人口调整局的慎重检查下得到人工授精以延续种群，总之，好多年才能养出一个呢。"

"可是……邻居家的太太就花了一百二十两，整形成了阿多福①啊。"

"什么是阿多福？"

"喂，亏你还是杂志记者呢，怎么连这都不知道？"

妻子嘲讽似的说道。

"就是脑门很大，鼻子很扁的那种脸，花一百二十两就能整形成那样。最近在关西的有钱人里很流行的。"

"那不是'阿龟'吗？"

"正式的名称叫阿多福。"

妻子一口咬定。

"在九州，好像叫'小手茂姑娘'。邻居家的太太在熊本住过十五年……"

这时，我家的窗外突然吵了起来。就是我们刚刚提到的那位熊本夫人，响起了她歇斯底里的叫喊和砸碎东西的声音。妻子抬起那张埃及艳后般的脸，皱起眉头，侧耳静听。

"去告他们，去告他们！"

熊本夫人哇哇大哭。

---

① 阿多福（おたふく），以及后文的般若（はんにゃ）、火男（ひょっとこ）均是能剧或狂言中以恐怖或丑怪著称的面具。阿龟（おかめ）和小手茂姑娘（おてもやん）分别是东京和熊本地区称呼阿多福的别名。

"没整成小手茂姑娘，反而整成了个残废！"

"因为你让半瓶子醋的美容技师给整了呗。"

传来了她丈夫自暴自弃般的声音。

"再去国立整形中心，让一级技师给整，咋样都会有办法的……"

"你倒是整成了天花麻子脸……也没好好走手续……咋办哪！咋办哪！"

"闭嘴，别吵了！"

我偷偷地往外窥探。

几乎变得疯疯癫癫的熊本夫人，看起来就像是化成岩石的索菲亚·罗兰一样。

我走出单位的电梯，推开编辑室的门。

长得像达·芬奇笔下的蒙娜丽莎一样的秘书向我投来一个神秘的微笑。

现在，我一看到这种脸就烦。

我的同事 F 女士抬起那张二十世纪著名影星伊丽莎白·泰勒的脸，跟我打招呼。

我有气无力地坐在自己的座位上。面前的主编看起来就像是米开朗琪罗的阿波罗像打上了领带一样。

"模特的摄影什么时候开始？"

主编问我。

"模特应该马上就来了。"

"小心点，那帮蛮行主义者盯上她们了。"

"盯上了模特？"

"他们不喜欢咱们的编辑方针。昨天晚上，他们烧了一家刊登丑粉模特照片的出版社。"

主编那张看起来十分高贵的脸皱起了眉头。

"其实，他们都是一帮特别自卑的人。他们讨厌自己的长相，结果反而把这种压抑发泄到了丑粉们身上。他们嫉妒丑粉们的脸看起来如此有个性。"

"他们的想法真单纯啊。"

"是啊。在传说中，一百年前，曾经有个粉丝朝一个叫美空云雀的明星脸上泼了硫酸①，他们的心态和那是一样的。"

"一百年前吗！一百年前的情况和现在正好相反。据说，我们这种长相和身材才是人们心目中理想的形象。"

"真想坐时间机器回到一百年前啊。"

F 女士说道。

在一百年前——二十世纪末，优生学得到极大发展，从那时开始，人类的容貌的命运就发生了改变。

总而言之，人类可以调整表现俊美面容的基因，将其送入生殖细胞，从而随心所欲地将自己想要的长相和身材赋予婴儿。

当然，在一开始，这种做法也失败过。

仅仅由于基因的排列出现了些许误差，就诞生出了长着猪脸的婴儿，脸上没有五官、眼睛和鼻子长在屁股上的婴儿，不一而足。

但是，儿子生孙子，子子孙孙地代代相传……人类的身体

---

① 1957 年 1 月 13 日，一名 19 岁的狂热女性粉丝向当红偶像美空云雀的脸上泼洒盐酸，事后自供作案动机是嫉妒其美貌。文中写成了硫酸，不知是否有意为之。

受到不断的改良加改良、修正加修正，最后，无论男女都变成了宛如希腊神话中的奥林匹斯诸神一般崇高、端正、优美的理想容貌。

"不过呀，人类还真是奇怪，什么东西稀有，就觉得什么东西有价值。当所有人都获得了无可挑剔的容貌之后，却开始憧憬起了过去那种在设计时出了差错的脸。有极少的那么一部分人，由于基因的原因，在出生时还保持着过去的容貌，现在他们拥有了宝石般的价值。"

就在主编自嘲地这样说着的时候，模特们来了。

其中一个模特长着犹如水泥管一般粗壮的身体和昔日被叫成"萝卜腿"的短腿，同时还是罗圈腿。至于容貌，眼角细细地挑起，还带着眼屎，颧骨隆起，是典型的——令人激动万分的——蒙古人种。

第二个模特体格庞大，胖得像个松软的棉花糖，脸上仿佛只有一张大嘴，就像在颊囊里塞着什么东西的猴子一样，嘴里一直在咯吱咯吱地嚼着什么。

至于第三个模特——正是真正的丑粙啊！

她长着几乎看不出是否存在的鼻子和只有一点点的小嘴，脸颊通红，恰好是妻子昨天晚上跟我说过的"阿多福"的样子。

F女士和秘书恍惚地望着模特们，都看得出神了。

"我们是从G居住区来的。"

棉花糖女士用沾着口水和巧克力的手指捏着身份证，送到主编面前。

"什么时候开始啊？"

"摄影师再过十分钟就到。在这个月的杂志上，我们会做三十二页的特辑，得拍很多姿势，需要不少时间。"

"喂，有什么吃的没有？"

"这里有谷氨酸蛋糕。"

我打开了冷冻箱。

十分偶然地，棉花糖女呸地一吐，一块被嚼过的东西飞进了冷冻箱。

长得像蒙娜丽莎的秘书发出了叹息。

"嗯，智商是 62 啊。"

主编看看身份证，又看看模特的脸。

"很不错嘛！"他大喊道。

"是 62 吗？"

"这就说明呢，你是智障，或者说是愚蠢的那一类人。这种人现在已经非常罕见了。"

模特们对我们置之不理，坐在桌前，拿出便携化妆盒和迷你美容器，开始向周围噗噗地散发化妆水的气味。

她们的裙子一直卷到大腿根，露出软绵绵的内裤，甚至连内裤里面黑乎乎的部分都隐约可见。对于这种极度谨小慎微的作风，我们这些奥林匹斯诸神发出赞叹的声音，在一旁观赏。

"摄影师来了。"

蒙娜丽莎通知道。

顶着一张鲁道夫·瓦伦蒂诺 ①（只有极少数人知道这个人，他是生活在一百五十年前的绝世美男）的脸的摄影师全身蓝色，

---

① 鲁道夫·瓦伦蒂诺（Rudolph Valentino，1895—1926），默片时代最有名的影星之一。

滚了进来。

"不好啦，暴徒们堵住了出版社的大门，谁想进来，就会被泼上涂料。"

摄影师的整张脸都被泼上了蓝色的涂料。

主编呻吟道：

"是蛮行主义者啊……报警！"

"已经来了四辆巡逻车，但马上又折返回去了。"

"这也没有办法。《警察法》第一百一十八条是这样规定的——'能够抵抗的人十分危险，因此不要攻击；对于无法抵抗的人，则用暴力逮捕'。"

我说明着。

"哎呀，又开始啦？"

"想跟我们睡觉的那些男人又聚过来了。"

"跟傻瓜似的。"

模特们把头探出窗外。

暴徒们已经砸坏了大门，打倒了接待机器人，正在冲向电梯。

嘀——嘀——嘀嘀嘟嘟——咚咚——咚咚①……蛮行主义者独特的进行曲高声响起。

"他们上了电梯，马上就要冲到编辑部了。呀——！"

F女士用花腔女高音咏唱歌剧《魔笛》第二幕中的《夜后咏叹调》的声音发出了尖叫。

---

① 原文是笛声、鼓声等传统乐器的拟声词，意即，进行曲是用传统乐器演奏的。

就在这一瞬间，长得就像阿兰·德龙、雷·洛夫洛克、莱昂纳德·怀廷的男人们拿着涂料、硫酸和棍棒冲了进来。

"我们这里不是你们的目标！滚出去！"

主编颤抖着说。

"住嘴，我们要强暴那些丑妹！"

"是啊，一直强暴到死！"

"顺便把你们的脸也砸烂，让你们变得凹凸有致！"

"我们要回归人类本来的样子！"

嘀嘀嘟嘟嘀嘀嘟……进行曲吵闹着，那些家伙开始用涂料在编辑部的墙上画满猥亵的图画。

我下意识地飞扑出去，用 Z-LIGHT 台灯砸向其中一人的侧脸。

那人"咕哇"一声，被狠狠砸中，露出了犹如阿兰·德龙刚刚舔完一公斤芥末一样的扭曲表情。

有人扔出打字机，砸中了我的后脑。

我满头是血，猛挥一拳，却正好打中了颤抖着站起来的主编。主编被我打掉了五六颗牙齿，嘴唇痉挛着噘起，翻着白眼趔趄起来。

我已经不管对方是谁了，只知道在朦胧中狠揍自己能揍到的人。

现在，我的眼睛被血糊住、嘴角开裂、脸上到处是伤，看起来大概已经不像人类了。

是啦，那叫什么来着，就像古代日本的容貌非常恐怖的鬼怪——对，就是那种名叫"般若"的恶魔。

我看起来肯定就是那个样子。

叮叮～叮叮～铮～叮叮……那些家伙的进行曲的调子变了。

"快撤，是税务署的征税车！"

长得像菊之助<sup>①</sup>的男人慌慌张张地从被推倒的阿多福身上跳了起来。

窗外停着一辆征税车。看起来，它刚一得知事件发生，就立刻赶到了这里。

发生暴力事件的话，不分加害者和被害者，都要被征收暴力税。

此外，还要加征器物破坏税、侵入税、穿鞋进屋税。

因此，对暴徒来说，征税车比警察的巡逻车可怕得多。

他们争先恐后地拥出了房间。

嘀嘀——嘀嘀嘟嘟——嘀嘀嘟嘟——嘀嘀嘟嘟——

铮——叮叮——叮叮嚓——喊哩哗嚓——

他们的进行曲一直以急迫的节奏响着。

我带着般若的容貌在房间里摇摇晃晃地走着，不断挥拳。

阿多福站起身来，开始带着痉挛的表情跳舞。她好像是暂时精神错乱了。

我们可怜的主编想制止她，翻着白眼，歪着嘴在她后面追着。

我在民族资料室里见过他那张脸。

那是火男——民众的自虐式英雄的面貌。

就这样，在逐渐远去的进行曲中，般若、阿多福、火男三人在编辑部里东倒西歪地兜着圈子。

---

① 第四代尾上菊之助，日本著名歌舞伎演员。

　　嘀——嘀嘀嘟嘟——铮——叮——铮叮叮——喊哩哗嚓——
嘀嘀嘟嘟——嘀嘀嘟嘟——喊哩哗嚓——喊哩哗嚓……

*《阿多福》最初刊载于小学馆《Big Comics》1972 年 9 月 15
日增刊号。

# 白色孢子

## 1

虽说是六月，却非常凉爽，凉意被静寂衬得越发明显。在山毛榉林里，平时本来会有黄眉姬鹟和硫黄鹀惹人怜爱的叫声，可现在别说鸟类了，连昆虫的振翅声也听不到。斜坡上的花楸幼树细枝缠绕，俨如风滚草一般。还有到处长满的麒麟草。即使只有微风，也会发出夸张的哗哗声响。说起会动的生物，只有这些碍眼的杂草。这静谧的景象已经持续了几个小时，如果诸位持续站在这里，也许会发现在这静寂中有透明的东西在变化，在一点点发生着，从一个看似位于草原边缘的坑洼，从一堆黑乎乎、冷冰冰的凝结物的周围，像波浪一样扩散开来。不知诸位能否明白，这波浪从清晨悄悄开始，草原现在已经全部被这来历不明的糯米纸包裹了起来。这异常的静寂正是因此而来，再仔细观察，想必一定会在糯米纸包裹下的各处找到已经褪色的生物尸体吧。

宇航员罗伯特·季耶莫夫花了很长时间才把脚从互相缠绕的野草中拽出，坐了下来。虽说总算找到了很小的溪流，但是他犹豫着要不要喝水。他把犹如饱含水分的棉花一样沉重的手浸入水流，掬起一捧，轻轻闻了闻味道，又用湿润的手碰了碰脸颊，这冰凉的触感仿佛让他找回了生机。接着，他把手帕浸入水中，准备用来仔细擦拭已经肿成紫色的小腿，但犹豫了一下，又停下了。他有些怜悯地望着横倒在水流旁边的两只小鸟的尸体，小鸟的羽毛已经发黑，失去了光泽。从它们的眼眶和喙那里，有白色的粉状物质喷出来，它们像木乃伊一样僵硬地死去了。如果饮下这里的水，很显然就会变成那样。季耶莫夫向着茂盛的杂草绝望地呢喃道：

"你们明明也喝了这儿的水，怎么就什么事都没有？难不成你们打算就这么悠悠闲闲地戳在那儿，一直等到最终审判那一天？"

接着，他迟缓地站了起来，重复了好几次，为的是确认有没有人来寻找自己。然后，巡视四周，拨开杂草，迈出步子。

"这里的确是被称作东北地区的日本山地。是日本的话，不管多么人烟稀少的地方，也应该有两三户人家吧。"

在麒麟草的尽头，不经意间，他碰到了铺设好的道路。

"呼，太好啦！"

季耶莫夫高兴地吹起了口哨。至少这是在向现代社会靠近。虽然已经碰到过两三条小道，但根据地上的落叶和树下杂草丛生的情景来看，这里早已人迹罕至。他鼓起劲，拖着隐隐作痛的右腿前行。由于疼痛和焦虑，忍不住呻吟了起来。道路转了好几个弯，好像在慢慢地引导他去往山麓那里。

但是，季耶莫夫茫然地站住了。

道路一下子断了。

因为连接的桥梁被破坏了。不知道经谁之手，混凝土桥梁被爆破，那里成了死路。

在令人目眩的断崖下面，可以看到溪流翻滚起泡。以季耶莫夫这受伤的身体，要怎样下到溪流旁，再攀缘到对岸呢？

说起来，之前他发现过一条山道，可是，到达那里之后，才发现山道被掉落的岩石和泥沙完全封锁起来无法通行。那拥塞的样子非常不自然，怎么想也不是道路偶然被堵住了。

——季耶莫夫被封锁了。

他知道自己被封锁的理由。

只要他活着，他通向人类社会的道路都会被封锁。

季耶莫夫突然怒上心头，大声吼叫，有几个小石子被他踢到山涧里。

只要他活着。

不，恐怕死后也是。

不知道是几百英亩的面积，在这没有任何特别之处的日本边境，他被强制与社会隔绝了。

"对我见死不救吗？就像无论死活的笼中猴子那样。"

季耶莫夫嘟哝着诅咒的话，步履蹒跚地返回之前的道路。

"那些家伙讨论了处置我的事情，然后得出的结论，就是把我消灭掉吗。"

——他表情忧郁地回想着。

"在我死之前，一定要想办法逃出去。"

——在封锁区的外面，他的挚友应该还在。

他深爱的多萝西娅也在。

能够全身心放松的床也在。

温暖的饭菜也在，还有那好几百位朋友。只要能够到达那里，他们一定会保护我的。

也许。

如果所有的人类都变成了他的敌人——

这是他无法承受的结论。

"出发前，我还是'克里宁格勒计划'的英雄，那时我到底在想什么。"

寂静完全没有变化，道路周围的树木分开，出现了村落。房屋二三成群，有着被熏黑的土墙和稻草葺成的屋顶，那是日本乡村随处可见的，小巧而排列整齐的民宅。

还有杂货店和仓库。

但是，却欠缺了应有的东西。

汽车和自行车。

也就是所谓的，山村必要的代步工具。

村庄只剩一个空壳了。

季耶莫夫看了看一家的房子。

家庭用品大部分都还留在那里，壁橱和抽屉都保持着被随便乱翻后的状态，里面的东西散落得到处都是，看起来就是像逃难时狼狈的样子。

在房间中央分隔出来的茶室里还有锅，季耶莫夫坐上榻榻米，打开锅盖。锅底还剩了一些凉透了的汤汁，他发疯似的拿起勺子，仿佛饿鬼一样吃了起来。

松了一口气之后，他的眼睛注意到有红色的东西从抽屉里面垂下来。那是女性的襦袢①，他拿起那件衣服，默默地看着，

————————
① 一种穿在和服内的衬衣。

想起自己说过，要让多萝西娅穿一下日本女性的和服。在这种时候，却回忆起了这样无聊的事情。

回忆嘛。逝去的同伴的脸，想要忘记却怎么也无法忘记。

波斯泰克队长、鲍利斯、克烈汀、尤格雷、舒尔茨，还有安纳托利·纳尔逊。

纳尔逊真是个好人。

他是第一个死掉的。

那是火星探测完成后，向地球方向前进的第一百天。

纳尔逊的身体上的孔洞全部冒出白色的粉末，痉挛着死去了。

负责解剖纳尔逊的舒尔茨医生报告道，在他的体内有非常多的白色纤维状和霉菌一样的孢子。那时医生已面无血色。

在那之后，简直就如同描绘地狱景象的图画一般。尤格雷倒下了，他的房间虽然被封闭了，但是已经晚了。他跟纳尔逊是同样的死法。队长让鲍利斯向地球汇报，发生了紧急事件，由于太阳风暴的关系，通信变得支离破碎。在那个时候，波斯泰克队长、鲍利斯还有舒尔茨医生都已经被感染了。

医生说，那是一种像寄生菌一样的生命体，可能是谁从火星的土壤上，由鞋或者其他什么物品带进来的。原本经过慎重的彻底灭菌程序之后，这应该根本不可能发生的。从火星离开后，他们曾反复通过电脑精密地提取、调查船舱内的不纯物质并加以分析，却完全没有发现入侵者的行踪。

但是恶魔就这样缠上了。

那个火星的死神，就这样登上侵略者的飞船，从容不迫地开始了他的复仇。

## 2

一个又一个人的尸体从飞船被遗弃到太空中。

如今，伙伴们的尸体冻得僵硬，如陨石一般在连接火星和地球的路线上到处飘浮着。

最终，只剩下季耶莫夫一个人还活着。

季耶莫夫已经下定了决心，他在死亡的包围中孤独地等待着，等待地球"克里宁格勒计划"中心传来最后的指示。太阳风暴还在激烈地干扰着通信，但这个异常惨痛的报告应该已经传达到中心那里。他的上司史密斯拉比亚上校通知他在紧急会议得出结论之前继续按照原路线飞行，通信再次中断。

季耶莫夫在这个时候，大概会接到被称为"NAZ13号"的指令吧。

阻断与中心的通信，切换到自动操纵的模式，脱离原定的路线，向着太阳继续飞行。然后，完成以上操作之后，他就开始处理自己。

考虑到自己可能在接到指令前就会发病，他差不多每一小时就劳烦电脑进行精密检测。但是他还有食欲，连死去的同伴们的工作都做完了，也不觉得有多疲劳。他的身体还是完全健康的。已经离太阳越来越近了，他也没有一点发病的迹象。最后用来结束自己生命的那一针注射剂，一直在季耶莫夫伸手可及的地方放着。这样看着注射剂，他突然烦躁起来，陷入了左右为难的境地。

"这里是季耶莫夫，中心的决定到底什么时候来？"

"还没有下决定。"

"别开玩笑了，还有两个月就要到地球了，上面的人到底在磨蹭什么？"

"现在还在讨论信息。"

"我在发病之前可能就要疯了，前一阵子，我就很想给自己注射这小小针剂，结束生命了，这样会更简单轻松些吧。"

"禁止无视指令行动。"

季耶莫夫急躁了起来，喊着让上司出来。

"上校，到底是谁在阻碍我运走这个棺材？"

"记录已经送到中央综合委员会了，总统会下决定的。"

"为什么要交给中央综合委员会？中心有下达'NAZ13号'指令的权限吧？"

"季耶莫夫，你还没有患病，在没有弄清楚你是健康者还是带菌者之前，是不能下达'NAZ13号'指令的。"

"我明白了，的确如你所说，我的身体好得不能再好了，但是显而易见，这个飞船的船舱里有恶魔依附着，把它就这样暴露在地球大气中的话，会发生怎样的事情啊？"

"季耶莫夫，等待吧，我们在总统下决定之前什么也做不了，我很同情你，你继续航行吧。"

类似这样的对话进行了好几次。

地球那充满生机的蓝色球体已经进入望远镜的视野了，看到它，想要活着回到地球的想法愈发强烈，季耶莫夫感到自己的决心也有些动摇。他被这些想法折磨得半死不活，所以向中心大发雷霆，而史密斯拉比亚上校也非常同情地送来了满是借口的回信。

"N国的探测器捕捉到了你的行迹，N国首相为你送上了赞赏和祝福。"

"这是什么意思啊！"

季耶莫夫自暴自弃地叫道。

"季耶莫夫，你现在吸引了全世界的关注。"

"这话我出发前就听过了。"

"所以不可以轻举妄动，为了国家的名誉，你现在肩负着全体人民的荣誉。"

"那真是谢谢了，但是我再继续接近地球的话，就不能改变路线了，稍有不慎，就会撞上月球。"

"中央综合委员会正在召开最终会议，马上就会做出决定，会立刻发给你。说起来，你的健康状况还好吧？"

"详细数据已经发给你们了。"

"数据我们已经看了，你没有被那种病原体感染的可能性已经非常大了。不要害怕，刚才的话只是关于你健康的一种祝词。"

在地球的引力圈内，还有二十天就到最紧要关头的时候，预想不到的通信传到了季耶莫夫这里。

太阳风暴也停息了，史密斯拉比亚上校的声音就像在耳边回响。那是十分忧郁的声音，如果这不是只有他们两人能听懂的暗语的话，在季耶莫夫听来，那简直就是在墓地前念着悼词的神父的话语了。

"季耶莫夫，向你传达总统的决定，可以吧？"

"请。"

"仔细听好，确认飞船舱体是密封状态，切换到全自动操纵模式。"

"目的地是？"

"地球的太平洋。"

"你说哪里？"

季耶莫夫怀疑自己听错了。

"你还是按照预定的路线驶向地球，只是降落点改变了，改为太平洋上东经 147 度 20 分、北纬 18 度 32 分 30 秒。那里是马里亚纳海沟中非常深的地点。

"确认降落之后，你需要处理你自己。

"这是不得已的决定，季耶莫夫，你并没有错。"

"明明可以降落，为什么我还一定要死呢？！"

"还没有确认你是健康者还是带菌者。而且如你所说，传送来的关于舱内是否存在病原体的数据也不够完整。我们准备把密封的飞船沉到太平洋的海底。这需要你一直操控完成入水。"

"但是，上校！那样的话，为什么不干脆以太阳或者太空为目的地，把这艘飞船流放。我也是下定决心按照那个打算的。那样更能完全处理掉啊！！"

"季耶莫夫，'克里宁格勒计划'一定要成功。

"跟你说过吧，N 国还有其他国家的探测器都捕捉到了飞船，如果你的飞船发生了你所说的事情，'克里宁格勒计划'失败的事情马上就会被全世界知晓。"

"就为这个？"

"你知道的，这个计划花费了二十二万亿五千万美元，这是前所未闻的巨额开销。"

"……"

"这个计划关系到我国的威望，不只如此，国民非常反对这个巨额费用的支出，最重要的是，军队首脑已经因为这个计划变得非常神经质了。

"这个计划如果能够成功，就能提高我国的国际地位，也可以稳定美元市场。

"一旦这个计划失败，货币贬值，很有可能引起恐慌，最重要的是，我国的国际地位受到影响，很有可能造成不可挽回的形势。

"总统在深思熟虑后下了这个决定。

"当你们这次出发的时候，就已经选好和队员长相酷似的人作为替身，秘密做好待命准备。在你降落的同时，就会有替身们急速前往现场，他们作为你们的替身在那里接受直升飞机的救援，被送回国。

"计划十分周密地进行着，除了极少数相关人员，没人知道这个真相。

"在那之后，替身们会根据你们发来的数据，正式发表'克里宁格勒计划'大获成功的消息。"

季耶莫夫一时间惊讶得张大了嘴，接着满脸通红地对着通信器理论起来。

"到底凭什么？我就要这样白白死去，而我的替身却成为我，来获得属于我的荣誉？"

"你并不是白白送死，你并没有死去，你带着荣誉归来，作为我国的英雄继续活着。"

"但那根本不是我啊！"

"从记录上和户籍上，你都还活着，并没有死去。"

"已经去世的同伴们，他们用这种方式死而复生还算可以，可我还活着，却特意让我到太平洋去降落，让我自杀，然后让我的替身登场，这也太过残忍了吧。"

"这是总统的决定。"

"我明白了，总统现在在国民中的声望很低，所以总统构想的'克里宁格勒计划'一旦失败，马上就会因为信誉破产而下台。这是他为了明哲保身做出的决定吧？"

"季耶莫夫，这样不稳妥的话还是不要说了。"

"上校，我的身体还是健康的，请在我降落的同时接收我，让我跟其他人的替身待在一起，作为我本人存在，您看可以吗？"

"别说蠢话了，不可能让你从船舱内出来的，病菌从舱内飞散到大气中，那才是最糟糕的事态。"

"……"

"季耶莫夫，很遗憾向你传达这样的命令。这里有总统向你转达的信息，已经加密，就算是给你的临别赠礼……"

"不用了！"

已经没有必要听那种东西了。季耶莫夫遵照中心的指令，开始着手完成最后的操作。恰好在二十天后进入地球的大气层，电脑已经被输入了螺旋前进向着新的降落地出发的指令。他确认好了舱门的密封，拉下舷窗的百叶窗，考虑到万一的情况，还设定了飞船沉没时舱内气压跟外面的水压等量加压，又仔细检查了舱体内壁。然后他开始——准备自己相关的后续计划。虽说计划的前提是安全降落，可是，他侧目看着外面绿色的地面想着，哪有这样割喉去死的傻瓜。更何况我的身体还很健康，如果临近降落我还没有发病的迹象，我就——我就要离开这个密封舱到外面去。

季耶莫夫吸了一口气，看着眼前越来越大的绿色星球，用仅剩的一点白兰地为自己的健康干杯。

3

不知不觉地，屋里开始暗了起来，太阳也变暗了，山间的村落飘浮着微微的寒气。季耶莫夫扔掉红色襦祥，拖着腿走到外面。

现在大概是下午三点，平时的话，从田地里回来喝茶的农夫们的身影一定会出现的。挂在屋檐上的破旧碎布片一条条地飘着，土墙上剥落一半的传单在哗啦哗啦地响，这些就是全部在动的东西。

季耶莫夫又开始行走了，到底哪个方位才是山麓呢？在地图上，日本看起来只是一些小岛的集合，可是，像这样依靠两条腿到处徘徊时，竟是这样没有尽头地遥远啊。到处都无路可走。渐渐地通过了几块田地，再通过那片已经荒芜的菜园，就走出了这片斜坡上的树林。按照这个速度，天黑之前离开这里也不是没有可能，天黑后，也许包围会出现空隙，没有空隙的话，通过星光可以弄清楚方位，有灯亮起的话，就有了目的地，如果连那些也没有的话……

等一下。

有声音，是螺旋桨的声音。

季耶莫夫一瞬间就朝声音的方向冲了出去，急忙躲到茂盛的草丛里。

是直升机。

可能是他的敌人。

这架直升机是从山里直接飞过来的。和这片落叶松的树林，以及葺着熏黑稻草的屋顶相比，它显得格格不入。季耶莫夫明白，这是日本的军用直升机，也直觉地领会到，这是来寻找他，射杀他的飞机。直升机像幽灵一样，一会儿高飞一会儿低飞，越过他的头顶，飞向了他来时的方向。

直升机的声音消失了，一切重归寂静。这是一种令人难以忍受的、令人害怕的沉默。因为，就像这样，小鸟和虫子都会隐藏起来，它们会凭着敏锐的感觉，察觉到这充满恐惧的变化，然后早早地逃走。我要是也有这种敏锐的感觉就好了，季耶莫夫苦笑着。至少可以知道封锁我的那些家伙在想什么，想要对我做什么。

季耶莫夫慢慢走下斜坡，丛生的豚草叶子互相缠绕，十分碍事。他快速下到山涧底部的河滩。直升机是沿着河滩飞过来的，河滩的下游应该也被封锁了吧。如果是被封锁的话，军队可能已经架好枪支，等待他的出现。

说起来，在前方五十米左右的石头后面的是谁呢！

"喂！"

季耶莫夫警惕地叫道。

"是人类的话就回话！"

\* 《白色孢子》最初刊载于 Magazine House 出版社《BRUTUS 图书馆 惊奇手冢治虫乐园》，1999 年 7 月 25 日出版。本文最初是为大和书房《手冢治虫乐园》（1977 年 8 月 15 日出版）撰写的，但未被该书收录。

# 纳斯卡不是外星人的基地

（前接 103 页）赌上他的余生。祭司长阿诺科阿尔帕捋着几乎全白的胡须，缓缓地向帝王说明道："昌·马托尔河畔的潘帕已经反复使用多次，十指正反使用都无法数清。此事着实难以容忍，依微臣愚见，新渠的轨迹若与旧日的老沟渠相交，则光流的动向必将混乱难辨。"

"中央高地的太阳圈太大了。"帝王心情不好，不满地嘟囔着。不管怎么说，这可是每三十年一次，向纳斯卡帝国的全体臣民展示帝王神圣的巨大权威的国家性祭祀。如果改变祭祀地点，对于从远方的普卡拉和北方的瓦努科一带前来参观的教徒来说就太不方便了，仅仅是传达这个通知都很麻烦。

帝王立刻叫来三个奴隶，将他们斩首，盯着流淌在地上的血浆。

"那一带离山脉很远。和昌·马托尔不一样，看不清楚光流，效果可能会不好。"

"但是，可以建造大规模的埃特拉。"祭司长也不甘示弱地砍下两个人头，回答道，"而且，寄宿着尼亚奥莱神的新轨迹的造型已经被神赐给微臣了。这样的埃特拉，即使在二百狄坡外的远方也能望见。信徒们大概一定会欢声雷动。"

帝王一边剥掉三个首级的头皮，挖出眼珠，一边饶有兴趣地继续："要画什么造型呢？"

"画野兽的形状。"

"野兽的形状？"

"这是从头到尾可达五十凯尔玛的地画。首先在神预示的高地上营造祭坛，以那里为中心，呈放射状——也就是说，和太阳神的光线一样，向四面八方挖掘埃特拉。"阿诺科阿尔帕又让七名俘虏排成一排，从一端开始将他们逐一斩首，同时说明道，"这个埃特拉的规模比以往的都要宏大，可达四百狄坡之长。"

"四百狄坡。"帝王感叹道，"那样的话，不就碰上山脉了吗？"

"越过山脉挖掘。只要有人看到光流翻山越岭前进的样子，他就会知道皇上的威势延伸之广。"

房间里弥漫的血腥味使帝王恍惚起来，一边叹息一边呻吟。他的心情一点点地变好了。

"那么，要怎么画野兽呢？"

"在埃特拉上掘出支流，把这些支流的沟渠掘成鸟、兽的样子。火流会按照这些形状燃烧，然后再回到主渠。"

"你的意思是，用火来描绘巨大的形状。"

"正是如此。这就是说，皇上的威严和太阳神的光芒一样，甚至连畜生也会沾光。可以画猴子、蜂鸟、鹈鹕、昆虫、鱼类等。说不定，就连鲸鱼也可以画。"

"这真是个好主意。不，神真是赐给了你一个好主意。"帝王十分高兴，拊掌大笑，"这也是一个向民众显示朕重视艺术的大好机会。"

那天晚上，帝王罕见地反复进行了三十次仪式——往脑子被挖得干干净净的首级里塞进线球的仪式。然后，他把这些首级逐一放在用血描绘的地形图上，心满意足地向祭司长展示。

"在朕定下的地点画出野兽吧。就这样决定，然后执行。"

大规模的土木工程开始了。这项工程从上一次祭祀结束后的第三年开始，整整进行了二十七年才结束。总共动用了六万名奴隶和三万名俘虏，俘虏们在炽热的安第斯荒野中像木桩一样站着，接二连三地死去。他们成了活生生的测量工具。

在这个气候干燥的地区，视力出色的纳斯卡人可以看到三公里外的人桩。最后，在地上画出了一条笔直的线——就像用尺子画出来的一样；这条线无远弗届地延伸，甚至丘陵和山冈也无法阻挡。在夹杂着沙子和方解石、呈棕红色的地面上，沿着这条线，人们掘出了一道沟渠。

这是一项愚蠢得令人窒息的工程。如果这是治水工程的话，那倒也可以算是贤明的政策，但是，仅仅为了一次祭祀，就要花费三十年的岁月。此外，这是举国工程，是对帝王独一无二的权势的炫耀。可这也是几百年来反复发生的事情：在民众看来，这是自己对帝王忠诚的表现，因此他们也认同这种工程，并且为之服务。

另一方面，沿着这条线，各种各样的动物绘画按照构图被放大，被挖掘出来。这些画必须一笔画完，因为必须只点火一次，就让沟渠里的火流画出这些绘画。而且，这些动物线条的末端一定会与中央的主渠汇合。这些动物绘画取自纳斯卡王朝为之自豪的各种工艺美术品上的设计，很多设计都被改成了一笔画。就这样，在除了狂风和干枯的杂草之外空无一物的几万英亩的荒野上，花费三十年时间，突然出现了无数挖掘整齐的沟渠。

从祭祀之日的几个月前开始，人们就拥到附近的山岭和丘陵上，支起帐篷耐心等待，准备观看这场盛大的活动。

呈放射状挖出的蜘蛛网中央筑有祭坛，那里精心埋藏了五十个被布包裹的奴隶首级。挖掘埃特拉的地方变成了广场，铺上了浸满油的土，捆上了将要被烧死的活祭。祭祀之日终于到来，黄昏开始逼近荒地，奴隶和士兵们一起往渠里倒油。当天，光是油壶就准备了数十万个。

帝王坐在山上的祭坛上。夜风呼啸，吹打着他的罩袍。

"准备好了吗？"

"在日落的那一刻，祭司长会点燃圣火。"

一位武官进言道："在这附近，有几个缺德的族长偷了咱们的创意，在自己领地的山上也挖了兽形和人形的沟。"

"算了，别管啦，反正是仿造的。"帝王大度地笑了。

这时，太阳最后的光芒消失在安第斯山脉彼方，青黑色的面纱遮住了荒地。突然间，只见豆粒般的松明摇动了一下，不一会儿，几条光线像烟花一样在地上奔驰，向四周扩展开来。光流转眼之间就突进了几十公里，在某些地方变成奇怪的四边形和三角形，包围了广场。在火焰的照耀下，可以看到广场上巫女的舞蹈、僧侣们的游行、对活祭的残杀……诸如此类的景象。接着，火焰的流动突然变直为曲，在人群的嘈杂中，漂亮地画出了巨大的猴子、蜂鸟、蜥蜴、蜘蛛……

纳斯卡王朝灭亡之后，经过几个世纪的时光，狂风从这片荒地的沟渠里，将被油浸透的石头、烧焦的沙子、活祭的骨灰等等全都吹散无踪。在漫长的岁月里，谁都看不到，也没有记录过这些愚蠢的造型，它们一直被搁置在那里。等美国学者保罗·柯索克①博士重新发现这些奇怪的线条时，竟然已经是1939年了。

秘鲁一家小小的航空公司的专属飞行员胡安·利沙拉加先生曾经数十次驾驶比奇飞机，载着游客在纳斯卡上空飞行。据他说，除了德国学者玛利亚·赖歇②女士致力于保护的那些地画之外，他自己还发现了一些更加古老的地画。

"我只让各位客人偷偷看一眼哦。"话是这么说，但实际上，他大概会指给任何人看。

他说的那些地画位于那些著名地画的数十公里之外，画在干涸的河床边上。只要看到它们湮灭的程度，就知道这一定是最古老的地画。有趣的是，这些地画没有一幅是描绘动物的。

有人问他，是谁画了这些地画。

"是外星人啦，肯定是外星人没错。这不是人类能画出来的东西。"

接着，他压低声音说："飞碟不是真实存在的吗？肯定跟那个有关。绝对是这样。"

---

① 保罗·柯索克（Paul A. Kosok，1896—1959），美国考古学家，被认为是最早对纳斯卡地画进行严肃研究的人。
② 玛利亚·赖歇（Maria Reiche，1903—1998），德国数学家、考古学家，曾是保罗·柯索克的助手，毕生致力于记录、保护及宣传纳斯卡地画。

在利马市创办了私立博物馆"天野博物馆"的天野芳太郎先生气愤地向前来参观的客人说道：

"你说，是外星人建造的？那是白人捏造的话题。弗朗西斯科·皮萨罗入侵印加帝国，看到古代印第安人建造的巨型建筑物之后，吓了一大跳。他首先产生的念头是，不想把这个文明介绍给基督教国家。也就是说，除了基督教徒之外，不能有文明程度超过欧洲人的人，这就是白人的理论。

"就算碰到实在没法否认的文明遗迹，他们也不会坦率地承认印第安人的文明，而是把这些全都归于外星人。你说丹尼肯[①]？不不，白人都是一丘之貉。也就是说，白人处于文明的最先端，能够在他们之上的只有外星人。外星人嘛，那先进一点也是没有办法的了——就是这样一种结构。

"但是，在现实中，古代印第安人的确建造了巨大的水坝，铸造出了精巧得令人胆寒的青铜铸件，还能在直径 0.5 毫米的珠子上钻孔。

"纳斯卡的地画确实也是出于他们自己的思考，根据他们自己的技术建造的遗产。但是，我们不知道他们是为了什么目的而建造的。恐怕是出于现代人的常识无法想象的理由吧。至于是什么理由，既没有历史性的史料佐证，现有的推测也都说不通。"

手冢治虫听到天野先生充满愤怒的说明之后，在心中感到，"纳斯卡是外星人的基地"这一理论正在土崩瓦解。不知为什

---

① 艾利希·冯·丹尼肯（Erich von Däniken, 1935—），瑞士作家，狂热地鼓吹"史前存在超文明""外星人曾在古代降临地球"等伪科学理论，代表作有《众神的战车》等。

么，他突然想起了奈良大佛 [①]。那也是当时举全国之力建造的大工程。谁能预料到，仅仅过了几百年，它就变成了旅游路线上的热门景点？在建造的时候，纳斯卡地画可能也是宗教表现领域中划时代的全新方案。比如，它也许像京都的大文字 [②] 一样，是为了让远方的人能够看到而进行的宣传展示……当时的纳斯卡王朝在帝王和僧侣们的率领下，举国投入了这种夸张而鲁莽的工程——这样的光景仿佛在他的眼前浮现。同样的行为想必重复了很多次，每次都牺牲了无数人的生命，耗费了倾国的费用。而这一切，大概都仅仅是为了一个人的权势而已——帝王多年来一直对这件事充满执念，似乎要（后接 97 页）

*《纳斯卡不是外星人的基地》最初刊载于早川书房《SF 杂志》1978 年 2 月号。

---

① 奈良东大寺的铜铸卢舍那佛像，建于 8 世纪，花费了在当时来说骇人听闻的资金。
② 即京都民俗"五山送火"，每年 8 月 16 日晚在京都附近的五座山上用篝火排出巨大的文字，从很远的地方却能看到。

# 妖蕈谭

　　枯黄的山坡上，梅花草和泽兰竞相开放。在山上冷飕飕的景象中，还微微地飘浮着已经过去的秋天的温暖。黑色的昆虫在落叶下沙沙作响，百舌鸟尖锐的鸣叫偶尔会从光秃秃的树梢之间掠过，继而消失。在爬上山坡的时候，我的鞋子已经被露水打湿；当我偶尔大喘气的时候，可以看到呼出的白气。尽管如此，我的皮肤依然温热，我的心依然愉快地猛跳。我一边前行，一边用捕虫网的柄敲打幼小的栎树和橡树的树干，期待那些尚未冬眠、意想不到的猎物在假死状态下滚落，慌慌张张地飞起来。"竟然在十一月底捕虫，这是何等的怪癖啊！"——我对周遭的这些嘲笑毫不在意。打猎有打猎的乐趣，钓鱼有钓鱼的乐趣，这是旁人无法理解的。

　　这时，那个东西突然出现在我眼前。

　　它就在栎树的根部，被枯叶半埋着，一直盯着我看。不，"盯着"这个词不太恰当——在那像光头一样的、滑溜溜的皮囊上，面对着我，有两个凹坑一字排开，看起来犹如怀恨在心的三白眼。皮囊依靠茎部支撑，这茎部在某个地方膨胀起来，前端还小心翼翼地穿过皮囊，正好在三白眼下方露出了形似猪鼻子的断面。我知道，这样的描写恐怕会让读者难以理解[1]。的确，那个东西就像是把"荒诞不经"这个概念描绘出来一样，如果非要形容的话，可以理解成一个长着猪鼻子和茎的葫芦；它的颜色令人生厌，就像婴儿兴奋起来之后变成粉红色的肌肤，但它的皮肤却让人完全感觉不到血气和温暖，相反，却是一种纤维质的、植物般的感觉，就类似蘑菇的表面。——没错，这的确是蘑菇。现在，我正面对着一朵举世罕见的蘑菇。

我战战兢兢地用捕虫网的柄捅了捅这个粉红色的物体。茎部通过菌丝连接着土壤，那菌丝意外地结实。我用网柄拨开它周围的落叶，发现囊和茎合在一起约高十七八厘米，基本上是两个拳头重叠在一起的大小，但由于粉红色令人感觉不舒服，它看起来比实际的大小大得多。它那鼓鼓囊囊的菌囊和欧洲的珍馐——松露十分相似，似乎敲一下就会破裂，从里面飞出孢子。我鼓起勇气，用网柄戳了一下葫芦形状的菌囊。再戳一下。第三次。戳到第三次的时候，它出现了意料之外——也许是意料之中——的反应。菌囊以猛烈的气势喷出了孢子。

很难恰当地说明当时那种令人极为不悦的状况。我一瞬间甚至不明白发生了什么，毕竟是被气体和孢子喷了一脸。那鼓鼓囊囊的菌囊的一部分（用普通的蘑菇来比喻，就是从伞的内侧突然伸出了像章鱼嘴一样的管子），向我猛然喷出了气体。随着"噗咻——""唰——"的声音，我从头到肩淋满白色的粉末，

---

[1] 只看文字很难理解，但这个样子其实就是在手冢的漫画中常见的、形似打补丁的猪头的涂鸦。正式名称为"补丁葫芦"（ヒョウタンツギ），最初诞生于手冢的妹妹手冢美奈子的涂鸦。可见：https://tezukaosamu.net/jp/character/616.html。

仰天倒下。

　　而且——那是多么难闻的气味啊！

　　硬要形容的话，那是淤塞在下水道底部的腐烂蔬菜的气味。当下水道被垃圾堵塞，好几天排水不畅的时候，你把鼻子凑近入水口，就能闻到那种可怕的气味。不，应该说，当你在盛夏时节走过卫生欠佳的饭店后门的时候，就能从垃圾桶里闻到那种无可名状的臭味。

　　我就像被臭鼬喷到的山猫一样，挥动双手，仿佛要推开气体，眼前一阵发黑，打了个喷嚏，倒在了身后的树上。

　　这简直是晴天霹雳一般的报复。

　　而且效果绝佳。即使把全世界的植物全部收集起来，恐怕也不会有哪种植物具有这只怪物一般的攻击力。就连鱼腥草那令人无法忍受的臭味，也远不及这家伙放出的气体。我恐怕很不幸地成了这家伙手下的第一个牺牲品。

　　喷出气体之后，这家伙的头——不，菌囊——稍微瘪了下来，仿佛在侧着脑袋用心倾听，等待我的下一次攻击。

　　我不禁怒火中烧。

　　我对你做了什么吗？难道我踩你了吗？用火烤你了吗？对你撒尿了吗？你这浑蛋蘑菇，对善良的人类多么无礼！

　　我虽然喜欢捕捉昆虫，但却讨厌蜘蛛讨厌得发抖。四五岁的时候，我曾经从坡道上跑下去——几乎是滚下去——跟一张占满道路的大蜘蛛网撞了个正着。蜘蛛网粘得我满脸都是；不幸的是，那张网上还粘着无数刚出生的、只有罂粟籽大的小蜘蛛，它们噼里啪啦地往我的鼻孔和嘴巴里跳。

　　从那以后，我不管看到多小的蜘蛛，都会脸色一变，把它砸烂。

现在我的心情和那很相似。

我抱起旁边的石头，高高举起，瞄准蘑菇砸了下去。那粉红色的、令人生厌的物体，被精准地压在了石头下。这是一次突然袭击，蘑菇根本没有机会反击。接下来，我更是跳上石头，一边骂着"你这浑蛋"，一边在石头上蹦跳许多次，持续了大约一分钟之久。如果别人看到我的样子，大概会以为我发疯了吧。歇了口气，我犹豫着把石头搬开：蘑菇现在沾满泥土，被残忍地捣碎，变成了连囊带茎乱七八糟的一块煎饼，正好和我小时候喜欢吃的御好烧很像。它确实死了。"死"字用来形容蘑菇，也许有些不恰当，但我怕它复活过来，在心里坚信，自己的使命就是将它彻底抹杀。于是，我在附近捡拾了干燥的落叶和树枝，堆在那块像御好烧一样的残骸上，用打火机点燃。火焰发出响声，犹如烧烤一般，烟雾袅袅升起，顺着山坡往上飘去。尽管火堆烧得焦黑，我还是一直等到它彻底熄灭才下山，因为我怕没有人看着的话，火势会蔓延开来，使情况变得更加麻烦。

回家后，我极度郁闷。我住的公寓房间只有四叠半大，对我来说，唯一的财产就是昆虫标本盒，它被我放在摇摇晃晃的壁橱上层，像神龛一样镇守在那儿。被子、换洗衣服和杂物被我塞进壁橱下层，堆在那里散发着不卫生的、发霉的味道，只有标本被樟脑丸和干燥剂妥善地保护着。盒子里排列着我十几年来游荡的结晶：绿带翠凤蝶[1]，雌雄都有。淡酒眼蝶[2]。金绿宽

① 学名：*Papilio maackii*。

② 学名：*Oeneis melissa*。

盾蝽①。金星步甲②。在我心中，它们是千金不换的。如果公寓发
生火灾的话，我即使忘记带上印章和存折，大概也会抱着标本
盒逃走吧。就跟守财奴每天都要数钱一样，欣赏标本盒是我每
天的必修课。可是，今天这阵前所未有的郁闷是怎么回事呢？
那蘑菇喷出的刺鼻气体仿佛现在还能闻到，奇怪的是，我什么
都不想做。打开壁橱看了一眼，连用手摸摸标本盒都嫌麻烦。
自然纪念物淡酒眼蝶又怎么样呢？不过是只蝴蝶罢了。为什么
我会把一只虫子看得如此重要，还高兴得不得了？一思考自己
收藏虫子的目的，那个蘑菇的形象就让我头脑混乱，觉得无比
麻烦。我在四叠半的中央一下躺倒，望了一会儿天花板，觉得
在自己的心里出现了一个很大的空洞，而蘑菇喷出的气体仿佛
正带着声音，从洞里吹过。我到底是为了什么而活的呢？对啦，
我必须工作不可。我是因此离开家乡，在东京的一个角落里安
顿下来的。现在可不是只顾抓虫子的时候。

　　我慢慢站起身，准备朝旁边的桌子走去。就在那一瞬间，
我怀疑自己看错了。在四叠半的角落里，我看到了粉红色的块
状物体。那个物体虽然还很小，但已经明显地形成了那个可笑
的形状。在犹如光滑的秃头般的菌囊上，已经出现了两个凹陷
和猪鼻子，白色的菌丝从茎上伸出，像绳子一样扎进了榻榻米
的孔洞。我茫然失措，下意识地做出防御的姿势。

　　为什么这个可恶的物体会出现在这种地方？——我马上注意
到，我的头上现在覆盖着无数的孢子。

---

① 学名：*Poecilocoris lewisi*。

② 学名：*Campalita chinense*。

虽然难以置信，但我只能认为，有一个孢子掉在榻榻米上，长成菌丝，形成了菌体。如果湿度和温度合适的话，榻榻米也会发霉；不管怎么说，它一定是附在我的头上，被我带进了房间。

就在我发呆的时候，它似乎也在一点点地发育着。现在，它用没有眼珠的眼睛盯着我，而那光头确实鼓了起来。包裹菌囊的薄薄的被膜随着菌体的生长而破裂，被膜干瘪的残余就附着在光头上，使它看上去颇为滑稽，就像打着补丁、贴着创可贴一样。如果没有在山上被腐烂的气体给洗礼过，这种奇怪而滑稽的物体很快就能为我的工作提供绝佳的灵感。

我立志成为玩具设计师。现在，在这个反复无常、见异思迁的行业里，只要提出一点小创意就能攫取亿万财富。最近大热的，就是那个"猫之手"①。有个从业者趁着猫咪流行的大好机会，制造了一种猫爪布偶，瞬间就被女孩子买光了。这是简单的小把戏，只是把猫的爪尖弯起来；这个创意勾起了女性的本能。

玩具制造商渴求着新鲜的创意。因此，他们一直在拼命寻找能够提供创意的人，不管那人是外行还是局外人。幸运的是，我在家乡想出的，以昆虫为题材的一些创意，在某个公司的公开征募中当选了，于是我在五年前来到了东京。可是，尽管公司对我寄予厚望，我进京后的工作态度却没有丝毫起色。有好几次，我的想法都被同行赶超过去，留给我的，只有从少年时

①这是一种实际存在的商品，叫"猫ニャンぼー"，在本文创作的1986年非常流行。

代就一直热衷的爱好中寻找灵感这一条路而已。从那之后，我就像抓住救命稻草一样，只有虫子在我的脑海里盘旋。现在眼前的这个物体，难道不正是上天赐予的帮助吗？

——这是什么鬼念头！现在的我，哪有闲工夫开动脑筋！

我像疯狗一样冲进厨房，赶紧烧开一壶水。着急忙慌地等它咕嘟咕嘟煮开，回到四叠半，瞄准蘑菇，把滚烫的开水一股脑地倒在这个浑蛋头上。在滚滚的热气中，那东西发出响声，被煮熟了：它的光头裂开，露出灰色的腐肉。

瞬间，榻榻米上的碎菌囊、残茎和热水混在一起，变得十分凄惨。

我小心地把残骸全部捡起来，扔到公寓后面的下水道里。蘑菇显然死透了，它再不会在下水道里伸长菌丝以再生。

我在极度疲劳的状态下，无意识地推开了"小木偶"的门。

"小木偶"是我常去的酒吧。这里的妈妈桑悠子比我大两岁，但是她长着一张胖乎乎的、天真无邪的脸，看起来很年轻。她和我既是同乡，对我的工作的反应也很正面，因此，不知从什么时候起，我真心爱上了她。我打定主意，只要创造出一件热卖商品，就正式向她求婚。她好像也察觉到了我的想法，给我出了很多点子。我筋疲力尽地坐在店里的老位置上，试图把事情的经过告诉柜台后面的悠子。可是，为什么我会感到这般厌恶呢？

"'百合玩具'的冲田先生来过电话。"

"……"

"前几天，让蝉撒尿的那个创意，说是在会上给否了。"

"悠子，我……"

"他说他今晚要去找你，给你好好打打气。喂，你既然是收委托费的，差不多也该给出个好创意了吧？而且，你做的那些东西，总感觉是大人的玩具。"

"不要说那种话了。我已经受够了。"

"我觉得，你更适合行动，而不是坐在桌前。你是射手座吧？你得去经历一番，获得不寻常的体验，然后把它和工作联系起来。你要不要跟我一起去冲绳玩一个月？我的朋友在那里开民宿，冬天正好没有客人。哎呀，你的头上怎么全是灰尘啊，都白了。"

悠子说，现在没有其他客人，于是坐到了我旁边。

"真是不卫生，跟发霉了似的。"

"现在，我的房间里长了蘑菇。"

"别开玩笑了。对啦，你可以做一次大扫除哦。"

"是蘑菇。那家伙跟上我了。"

我努力解释了一下，但我的思考能力就像完全融化了一般，烂得不成样子。在我心里，嫌麻烦的感觉愈发强烈，就连话也不想说了。我觉得，悠子正靠在我身边，这一点更加重要。

"我想要你。"

我把满是灰尘的头搁在她的肩上，喃喃说道。

"我喜欢你……想要你……想和你睡觉……"

"你在说什么啊。你大白天的就喝醉了吗？"

"不喝醉，怎么会来你的店呢？"

我就连让舌头动起来都觉得很麻烦，连词都想不起来了。

"我不道啊。悠子，我现就和你结婚，我决定行动。"

渐渐地，我也懒得张口闭口了，索性直接把手放在她的胸前。悠子好像也发现了我言行异常，大叫一声"不要"，想抽身离开。"我们店现在打烊了！"

我还挺厉害的，抓住悠子，像蛞蝓一样慢吞吞地解开了扣在她丰满胸前的扣子。她尖叫着，挣扎着，想要从我这里逃开。突然，我的思考变成了战栗。有什么东西从头顶掉下来，撞到了她的脸上。类似腐烂蔬菜的气味冲进我的鼻子，悠子和我一样，被白色的孢子喷了一身。

掉在我们脚下的东西，毫无疑问，是那可厌的葫芦蘑菇的幼体。

我条件反射式地望向天花板。只见从墙壁到天花板，菌丝排成了马赛克状的图案，上面还耷拉着三个菌囊。

"呀"的一声，我跳了起来，顺手抓起桌上的烟灰缸、咖啡杯和糖罐，朝葫芦蘑菇扔去。悠子浑身覆盖着白色粉末，目瞪口呆地看看蘑菇，又看看我。我扔出去的东西好像碰到了蘑菇的某个要害，它"扑哧扑哧——"一声，从菌囊下的突起处喷出了鲜明的白烟。就在被那股臭气熏到的前一秒，我飞快地从店里逃了出来。

无论是悠子还是工作，现在我都不放心上了。完全被恐怖驱使，我再次朝我住的公寓跑去。

当我终于一头冲进自己的工作室时，看到的景象十分接近噩梦。

这间四叠半大的房间，无论是天花板还是墙壁，都被蜘蛛网一样的菌丝覆盖着。工作桌上面，以及坐垫，全都被白线吞没。而且——有几十、几百个，不计其数的大大小小的袋子从那条白线的各个地方鼓起来，耷拉着，摇晃着。其中也有明显长出了空洞的眼睛和猪鼻子的家伙。更令人毛骨悚然的是，一个白色不明生物正在房间中央蠕动着；下一瞬间，我发现这是一个全身从内到外都被孢子和菌丝洗礼了一番的人。仔细一看，那个物体上长着一张似曾相识的脸，脸上还有一双吓人的、悲伤的眼睛。他举起附着三四个拉丝菌囊的胳膊，慢慢地指向我。

"这……这也太过分了！不管怎么说，怎么能住在这么脏的房间里！你就不能事先告诉我吗？"

"今早之前，还不这样。"我努力抗议道。

"这么说，你是故意弄成这样的吗？我应该已经通知'小木偶'的妈妈桑，说我要到你家来了。哈啊，哈啊，这是什么味儿啊！臭得就像下水道！"

"我不是，我整理干净，你体臭口臭重，蘑菇才到处都是。把我房间弄脏，全怪你，快滚！"

我足足花了三分钟才回想起这些话。

"是科长叫我来的！"

冲田用悲凉的声音大喊。

"你不是我们公司的临时职员吗？也不好好提企划案，反而想撵我走，故意惹我讨厌，哈啊，哈啊，这么说来，你是想跟我们公司断绝关系喽？你太狂妄了，不管你和哪家公司签新合同，我们都不怕，因为你本来就没有什么独创性……噗啊！"

菌丝蔓延到他尖尖的鼻子上，在鼻尖那里垂下了一个小菌囊。看着这样的他，我越来越生气，想要把"百合玩具"狠狠地辱骂一番，可是却连一个词都想不起来，反而被恶臭熏得只想吐。于是，我劈手拿起旁边的坐垫，扔向冲田。在漫天飞舞的白色粉末中，冲田狼狈不堪，他的脸变得像广目天王一样愤怒①，从墙上撕下蘑菇，扔到我身上。就在这时，我终于被强烈的臭气呛得晕了过去。

在那之后，仅仅过了一周，蘑菇就从我住的这座三层公寓的所有房间里蔓延开来，使整座公寓被菌丝覆盖。

不，这不能完全归咎于最先把孢子带来的我。如果不是全身变得雪白的冲田在走廊里到处奔跑，把孢子散播到管理员室和楼梯上，事情也不会变成这样。

如今，酒吧"小木偶"也被菌丝和葫芦蘑菇裹了起来，悠子和其他客人全都变得口齿不清，非常平静地过着每一天。不光是"小木偶"，在我住的街区里全是蘑菇。还不止如此，由于冲田把孢子带到了"百合玩具"，"百合玩具"塞满了蘑菇，不得不停业。过了十天，江东区全部被菌丝覆盖。不久之后，千代田区、中央区，乃至国会议事堂和警视厅全都长满了蘑菇，NHK的播音员口齿不清地读着新闻。

当全日本的人们几乎丧失了思考能力，变得没精打采的时候，政府公布了一则消息。据说，在我常去的山上有一家大企业的研究设施，从那里的基因工程区段中，转基因而成的新生物的孢子因管理失误泄漏到了外界。政府没有公布是怎样的新生物。算啦，那种公布，怎样都无所谓，我也没有兴趣。现在的我们，在现在的生活中，感到非常幸福。

*《妖蕈谭》最初刊载于光文社《蘑菇的不可思议》，1986年9月30日出版。

---

① 指愤怒形象的广目天王造像。

# 蚁人境

## 发光的人影

幽深的山谷中升起了夜雾，如同幽灵一般在浓密缠绕的树木之间涌动着。

这里是浅间山山麓，靠近轻井泽，碓冰峠的半山腰——

有数十处危险的弯道，因此是车辆事故多发地。

"哎呀，我真是怕了这些熟客了，刚要睡着就从山麓那打电话来，公司要是不给我加薪，我可太亏了……"

一边抱怨一边开车下山的人，正是轻井泽客运的司机沼田。

"哎哟哟，这雾可真大……差点就要跳进五十米下的谷川里潜水了，老天保佑老天保佑……"

车灯缓缓将左右的树木与阴影照亮，这时，沼田突然皱起了眉头。

"嗯？看起来像是人……"

大约五十米开外的前方，出现了一个步履蹒跚的身影。

"这三更半夜的……真是奇怪的家伙。"

滴——滴——

鸣着警笛的车渐渐靠近，沼田背后突然一凉，那影子的身体亮着如同磷一般的青白光芒，已经出现在了车子的前方。

全身赤裸，却无法分辨出性别的人类。

"你……你是什么人！"

那个人透过车窗，直勾勾地看向车内。

"哇……"

沼田被吓得跳了起来，以迅雷不及掩耳之势不管不顾地开车逃离了。

"出……出现了——"

他吓得牙齿直打战，一路溅起无数的石子与碎屑，飞驰至山麓。在看见通往村庄的道路时，终于因为过度的惊吓和恐慌失去了意识……

## 私家侦探凤俊介

"这就是司机沼田身上发生的事，之后准备坐他的车的人是我。"

面相和善的胖绅士如此同对方说道。

"山麓那边和公司都说他那是睡迷糊了，完全不用在意。那家伙也挺可怜的，看来受了不小的刺激，好像请了三个月的假。我刚从那家伙身上听到这件事的时候也完全没放在心上，然而又发生了这次的事情。"

"您说的是昨晚在您的采石场办公室里出现了幽灵这件事吗？"

对方如此询问道，边说边挠着自己的鼻头，这仿佛是他的习惯。

年纪看起来不过二十五六岁，年轻的男子却有着宛如希腊人一般的姣好面容。

说起来此处约是青年的住所，杂乱堆放着各种奇妙的实验道具，以及看上去就很难懂的外语书籍。这位青年究竟是何许人也。

"是的，据说是夜里的两点钟左右。"胖绅士擦了擦汗，"采石场的工人说火柴用光了，他们就去办公室取，就在这个时候……"

"看见了一个青白色的人影正站在办公桌前，对吧。"

"没错，而且这次目击者有三个人。"

绅士着重强调了"三"这个数字。

"只是他们都跟之前的司机一样，说不清那人的相貌。茂村说那人没有五官，林说像人类女人，笹川则说，与其说是人脸不如说更像是狗的脸。目前确凿的情报只有那人是全裸的这一点……"

"可惜了，工人们逃得太快，没能确认到幽灵的下落呢。"

"那个，我说，凤侦探，这真的是偶然吗？一开始袭击的是我即将要乘坐的车子……再接着又是我的采石场。我被盯上是不是有什么特殊的原因啊……"

"您之前也说过，完全没有这方面的头绪，报复行为或许可以排除在外。"

"就算报警，警察来了也只是按照规章行事，不过是想叫我欠他们人情。问题还是解决不了，所以凤侦探，我只好来拜托您了。"

被叫作凤的青年一边挠着鼻头，一边开始四处走动了起来。

"生物会发光，有三种情况。"

青年从橱柜中取出一个盒子，打开给绅士看。是发着青白色光的蘑菇。绅士望着凤的脸瞪大了眼睛。

"这是我从钟乳石洞中采来的，然后养在了暗箱里。它会发光是因为上面附有会发光的细菌。生物中也存在拥有能发生化学反应而发光的器官，比如说萤火虫和荧光鱼这样的。"

"……"

"当然，在身体上涂抹夜光涂料这种人为手段也能够做到发光。但是殿町先生，我所说的这两种发光的情况，不管光再怎么亮，亮度都是有限的。殿町先生，幽灵所在的办公桌距离办公室门口有多远？"

"大约十米吧。"

"十米的距离，若不是非常强的光，理论上是无法看清人相貌的。但是司机沼田说远在四五十米外就看见了对方的身影，按照我前面说的两种情况，这是不可能的事情。因此发光的原因应该是第三种情况。"

"第三种？"

"就是辐射发光。"

"辐射发光？"

殿町重复道。

"没错。有学者曾提出这样一个学说，被特殊射线辐射过的某些生物会发光。然而一般生物的身体无法承受长时间的射线辐射。"

"那个，凤侦探，能不能考虑这只是简单的恶作剧行为呢？"

有人想用这种无聊的恶作剧来吓唬我……"

"您是说使用了夜光涂料之类的情况吧。或许就是这样的小把戏，但我们还是先调查看看。以采石场附近一片为中心，进行彻底地调查吧。让我们来抓住幽灵的马脚——哦不，幽灵没有脚，哈哈哈……"

"万分感谢您倾听我的烦恼……"

殿町非常不好意思地站起了身。

"这是我的业余爱好。"私家侦探凤俊介一边送他一边说道，"请您务必小心，有第二次就有第三次……"

有第二次就有第三次！

这竟是真的。

半个月后的某个晚上，这一次那东西出现在了殿町的家里。

## 被拿走的东西是……

"夫人，里间的八叠和室里有什么声音……"

用人小心翼翼地向殿町夫人汇报。

"真是胆小，我们家男人比较少，大家更要坚强一些啊。"

"可是现在主人不在，万一发生什么事……"

殿町此时正在东京出差。夫人催促着用人一同向里间走去。

八叠大小的和室一片漆黑，但却从中传出有什么在榻榻米上走动的声音。嘎吱，嘎吱，那声音十分缓慢，听上去像是在房间内走来走去。夫人的脸色顿时发青了。

"是谁！"

夫人毅然出声问道。

"再不出来我就开门了！多喜，把灯打开。"

咔嗒一声灯亮起的同时，夫人也唰的一声拉开了拉门。

有人！一个怪异的人。

八叠的和室里，榻榻米连同地板一起被掀了起来，上面开着一个大洞。一个蜡一样苍白的人站在那里，这景象仿佛是石膏像从地底冒了出来，十分奇妙。那人紧紧地抱着原本放置在壁龛上的圆形石质装饰物。

"啊啊啊啊——"

被夫人的尖叫声惊到，活石膏像咻的一声跳进了地面黑色的洞里。

"快来人啊……"

随着用人多喜的叫喊声，很多脚步声拥了进来。

然而此时那怪人已通过地下来到了庭院当中，正要跳过院外篱笆。

怪人紧紧抱着装饰物，一跳一跳地逃走了。那跳跃的动作，就仿佛传说中西洋的恶魔一样。

警察们蜂拥而至，正好与怪人擦肩而过。

警察在询问过被吓得面无人色不停颤抖的多喜小姐和殿町夫人之后，苦起了脸。

"我知道了我知道了，我们现在立刻就派人把附近所有可疑的人都给抓来。但是啊夫人，您真的没有看错吗？居然说犯人是白色幽灵，这也太荒唐了。这件事不管怎么看都是偷窃吧。"

"可是那确实不是人类啊，全身都是白色的！"

殿町夫人喊道。

警察目瞪口呆地说道："幽灵？幽灵会掀起榻榻米，从地板下钻进来吗？"

电话响了起来。夫人刚才向殿町在东京留宿的旅馆传了口信。她紧紧地攥着听筒，将发生的事情全部告诉了殿町。

"老公你……一定会相信我说的话吧，真的是浑身全白的幽灵！"

"什么东西被拿走了！"

殿町的声音拔高了。

"壁龛里的石质装饰品。"

"我桌子上的备忘录里应该留了凤侦探事务所的电话号码，你赶紧联系他。不用跟警察说太多，要是传出什么流言蜚语就麻烦了。凤侦探会解决一切问题的。"

不知为何，殿町如此慌慌张张地命令他的夫人道。


## 章也看见了

在城镇边缘的树林里，亮着若隐若现的光。

这是著名的登山家春岛久太郎的家。

书房的灯亮着，他的独子，还是少年的章，正在这样的深夜里读书。

章聪明而活泼，更是继承了父亲对冒险的热情，立志长大后也要成为像父亲一样的人，当世界闻名的登山家。因此他不仅对运动感兴趣，也热衷于学习了解世界上各种各样的知识。

大约是想缓解眼睛的疲劳，章忽然将视线转向了窗外。

"咦，那是什么？"

灰暗的杂木林之间，一个发着青白色光的生物正摇摇晃晃地向这里走来。而且仿佛正要进入这所房子。

章下意识地站了起来，悄声走出书房，打开后门，窥视着昏暗而阴凉的庭院。接着他瞪大了眼睛。

庭院的角落挖有曾作为防空壕使用的地窖，那青白色的人影正要往废弃的地窖中钻。

今晚没有月亮。

四周漆黑如墨，若不是因为看见了脚，真的会误以为是幽灵。

章紧张地咽了口唾沫，直直地瞪着那个怪人。

这种情况下大家都会怎么做呢？是哇哇大叫着逃走，还是不管不顾地冲出去抓住那个怪异的人呢？

章没有选这两种做法。

不知道会有什么样的危险发生，因此只是藏身于暗处，静静地打量着那个怪人。

怪人从肩到腰的部位看起来与人类相同，但手脚格外细长，身体的比例很不协调，很像营养不平衡的人。

然而问题是脸，这又是一件神奇的事情。普通人的下巴轮廓是十分鲜明的，但怪人却几乎没有下巴。

因此脸部看上去格外平，像被压扁了一样。但鼻子的部分又高耸着，看上去很像犬类或鸟类的脸。

——章在短时间内观察到了这些。

怪人消失在了地窖前。

章有些犹豫，但又忍不住想去查看。

"奇怪了，完全没有人影。"

里面传来潮湿刺鼻的土腥味，战争中曾作为防空壕使用过

两三次，现在已是自家废弃不用的地窖，深大约五米。十分
安静。

章有些害怕了起来。

"爸爸——"

他跑回了家中，将穿着睡衣的父亲摇了起来。

"我看到奇怪的东西了，别吵醒妈妈，她会害怕的。"

章小声地将看到的事情告诉了父亲。

"又出现了啊。"

父亲的回答令他十分意外。

"又……爸爸你以前见过？"

"不，我倒是没见过，但是我们家一个月前辞职的钟点工阿
清说她看到过。那时我说是她看错了，然后一笑了之了。阿清
就是因为太害怕了才辞职的。看来确实是消失在了地窖里，连
你都看见了，应该就不是开玩笑的事了。"

"简直就像是火星人一样，难道说火星人在我们家地窖里建
立了秘密根据地？"

章又活跃了起来，开起了这样的玩笑。但久太郎却没有笑。

"总之明天我们去调查一下。要对妈妈保密哦。"

他小声说道。


## 走进去的人

"看来真是极其不可思议。"

青年侦探凤俊介一边挠着鼻头，一边在实验室中沉思着。

桌子上放着在殿町采石场捡来的石头，有三十多块，大小

不等。试管中的东西咕嘟咕嘟冒着泡，半冷不热的蒸汽照亮了他端正的面容。

"这些捡来的石头确实是人为加工过的，难以想象这些东西会混杂在火山地层里。"凤侦探这么说着，"首先火山地层里就不应该有化石……但这东西……就像是某种坚硬的动物外壳，也有点像蛋壳。为什么这种东西会出现在那个采石场呢……"

然后他开始进行某种烦琐的计算，叹了口气。

"全是谜团……"

"从这个石头碎片的弧度来推算，实体应该是直径八十厘米左右的蛋状球体……不管是哪一个碎片推算出来都是这个结果。也就是说这是某种球体，或者说是什么东西的蛋碎裂后留下来的碎片。

"说起来听殿町夫人说，那天晚上从殿町家中被偷走的圆形石质装饰物，直径也是大约八十厘米……是偶然，还是说同样的球体有两个呢……搞不懂！"

凤侦探两三天前询问过殿町本人，但那个石质装饰物的来源始终扑朔迷离。

"是在采石场捡的。"

这是殿町最开始的说法，但很快他就改了口。

"是我家很早以前就传下来的装饰。"

再追问就又改了口。

"是以前我一个朋友给的，那个人现在已经死了。"

经过青白色怪人的事件后，殿町变得非常神经质，不知道为什么只要提到这个石质装饰物，不论是警察还是凤，殿町都会岔开话题或是敷衍搪塞。

"我知道了！这明显是最近才被什么人埋在那个采石场的火山地层里的，所以采石的时候才会被偶然挖出来！"

凤突然抬起头，兴奋地大喊道。

"嗯！我知道那个怪人为什么会出现在采石场附近了！他是在寻找这石头碎片！

"他的目标从一开始就是这石头。但是碎片的本体他没有找到，于是就找了另一个——也就是殿町所持有的石质装饰品。

"没错，拿这个石头碎片做诱饵，说不定能把怪人引出来！"

凤如此推理道。只有先将计划付诸行动，才能确认这推理的正误。

他立刻带着石头碎片前往了采石场，然后将这些碎片故意撒在了采石场的普通碎石之间。接着只要藏起来等待怪人出现就行了。考验耐心的时候到了。凤藏在一旁的石材后，像等待狩猎时机到来的鹰一样守候着。

两天过去了……

什么也没有发生。凤长出了一脸的胡茬儿，在石材后啃着自己带来的面包仍在守着。他的耐心是出了名的，为了找出犯人能在电线杆上待四天四夜。并且他的耐心最终常为他赢得成功，那么这次是否……

第三天的晚上。

等待已久的机会终于来了。

一个鬼鬼祟祟的人影潜入了月光照耀下的采石场。然而令人意外的是，那并不是发着青白色光的怪人。看见他的脸后凤吃了一惊，那是他认得的人——

是殿町。

## 尸体拿着的是……

非常抱歉让故事的时间线如此不断跳跃。章告诉父亲自己看见了怪人，是前一天晚上的事情。

正好是在凤一心守着采石场的时候，章和他的父亲决定去地窖里探险。

说是探险，其实只是去浅浅的防空壕，春日阳光的倒影能落到最深处，因此内部相当明亮。父亲不断地在调查尽头的土墙，皱着眉转过了身。

"章，你来看看这里。"

"怎么了？"

"这是土被挖过的痕迹。而且挖过的地方被类似石灰一样的东西重新封住了。你看，就是这里，是不是看上去很光滑。"

"真的呢，好像强行将土黏合在了一起。好奇怪呀，以前明明没有这样的痕迹。"

"等等，真的很不对劲。"

父亲敲了敲墙壁。

"你听这声音，看来这堵墙对面也是空的。"

"可是防空壕不是就只挖到这里吗？"

"你明白的吧，我们在搬来这里之前，就已经有防空壕了，所以如果这里有什么秘密，我、你，还有妈妈都不可能知道。"

在敲打之下，石壁开始剥落。

"果然如此！"

石壁剥落的地方露出了洞，洞的尽头仿佛通向更深处的地下。这堵墙大约只是一个隔档。

两人互相对视了一眼，然后钻了进去。洞中传来潮湿而刺鼻的空气，其中还夹杂着另一种特殊的味道。

久太郎打开手电筒照向深处，忽然变了脸色。

"章，你最好还是出去。"

"为什么啊爸爸？"

"有尸体，好像是木乃伊。"

"是……是什么人的木乃伊？"

"不知道，你先出去，我来调查。"

"我也要去！"

在莫名的勇气与恐惧的推动下，章也缓缓地靠了过来。

那尸体与其说是木乃伊，不如说是更接近尸蜡。大家知道尸蜡是什么吗？尸体浸泡在水中，或是长时间置放于湿度高的环境里，人体内的脂肪便会分解为甘油，于是尸体就变成了类似肥皂一样的东西。

恐怕这具尸体已经在这里接近二十年了，尸体苍白的脸还没有腐坏。能看出是一位白发老人。浑身的衣服破破烂烂，手中还拿着一本黄色的像笔记本一样的东西。

父亲捡起笔记本，翻阅了起来。里面记载着密密麻麻的内容，仔细阅读着的久太郎眼中闪烁起惊讶与感叹的光芒。

"这可是本不得了的记录啊！"

"上面写了什么？"

"关于蚁人境的事。"

"蚁人境？那是什么啊？"

"令人难以置信的离奇事情。"

久太郎叹了口气。此时洞穴的更深处出现了某种活物的气息，正盯着他们两人。但他们并没有发现。


## 离奇的记录

春岛久太郎如饥似渴地阅读着笔记上的内容。

"喂，爸爸，蚁人境到底是什么呀！"

章终于忍不住了，大声地叫道。

"章，这本笔记是这位化作木乃伊的老人，于二十多年前去往某个国家探险，所记录下来的类似于游记的东西。"

"什么，这个人是探险家吗？"

"这倒不是，这个人好像是偶然迷路进入那个国家。说到二十年前，当时最热门的话题就是日本探险队要挑战据说比那个珠穆朗玛峰还要高的未登峰了。这个人应该也是因为这件事才出了国吧。根据这本记录的记载，那个秘境可能是位于中国的西藏或新疆深处，总之是一个人类一次都未曾涉足过的处女之地。"

久太郎兴奋得两眼放光，对于像他这样在全世界范围内活动的探险家来说，这本记录实在是充满了魅力，过于诱人了。

"没办法现在一口气全看完，上面有不少字迹消失和看不懂的地方，总之我先大概地总结下重点。"

这个老人名为左森伸吾，他与同行的中国学者、技术人员在西藏腹地迷了路，在两个月的时间里历尽生死。随行者接二连三地饿死了，最后只剩下了左森一个人。他为了寻找水源一直徘徊到了道路的尽头，终于在巨大的岩壁悬崖上找到了泉水，用尽最后的力气爬上岩壁，他在那里发现了一种特殊的群落。

"蚁人居住在山丘内部挖出的点状的洞穴中，构造非常类似日本的横穴古坟群。几乎不会在白天出没，他们喜欢黄昏前后的两三小时的时间，白色——"

"——被称为女王。他们依靠这种冬眠的方法存活了数十世纪。就这样生存着，旁观了人类的诞生，或许还将见证人类的毁灭。那种冬眠的方式十分惊人，圆形的——"

"绝妙的蚁人境！我将一部分宝石——他们从地底挖掘而出的取之不尽用之不竭的东西——带回了日本。以当时的市价应该值上亿日元。我将蚁人境的所在地写在了那个壳的里面，如果我发生了什么意外，这个秘密只要藏在壳中不被发现就很安全。

"如果有人能拿到我的这本笔记，就会成为唯一能按照壳中地图找到蚁人境的人。将能在那里获得巨大的财富，也能觐见女王并向她表达敬意。但是，我要在此忠告，蚁人不是野兽，他们拥有成熟的社会文明，藐视将招致不幸，挑衅会遭到报复。前往蚁人境的人，一定得是作为人类的代表，拥有高尚品格和良好教养的——"

"总之，差不多就是这样的内容。写得非常不可思议，而且关于蚁人境的描述很详细。章，你怎么看？"

"简直就像梦一样……但应该是真的吧。相比之下，我更好奇这个人为什么会死在我们家的地窖里……"

"你说得没错，章。"

久太郎说道。

"我想，知道真相的人恐怕不仅仅只有这个叫左森的人。在这篇记录的最后写着一个信息，很可能就是解开这谜团的关键，你看——"

"×月×日，卖给了殿町一部分，但他不相信我。只能给他看那个壳了。"

"你看，从这段文字能猜到，左森带回来的宝石被卖给了什么人。但那个人却不相信他说的话，于是他就把蚁人境相关的证据拿给那人看了。之后这份记录就中断了，我想他就是在这时被杀或者死去的吧。"

"去问那个叫殿町的人应该就知道真相了，他会在哪里呢！"

"是啊，能解开这个叫左森的人离奇死亡的关键，我想一定就是那个叫殿町的男人。真想找到他啊。"

这个时候，章突然叫了起来。

"爸爸！没有光了！"

"什么！"

两人看向入口处，大吃一惊。

洞口被封住了！


## 黑暗中的打斗

如此说来，他们二人被手电筒的灯光吸引了全部的注意力，外界的光亮是何时消失的，竟完全不知道。

但是……这究竟是什么人，又是何时把洞口封上的呢？

完全没有声音，也没有人的迹象啊！

"是石灰，是被石灰一样的东西给封住了。"

章拔尖了声音叫道："铲子呢?！"

"啊！铲子也没了！被偷走了！"

这是致命的失误。久太郎感到背后一阵发凉。

他试了试用指甲去抠石灰，但人类的手实在是没有能力挖开。

"我们被关起来了！"

"爸爸，是要活埋我们吗？"

"看来是的，这可头疼了……"

久太郎的额头上冒着豆大的汗珠，开始尝试用手电筒调查四周。木乃伊没有任何异常的迹象，安静得比墓室还要令人毛骨悚然。

"等等，你看，这个石灰好像是从我们这一边涂上去的。"

"那也就是说，这个洞穴里有什么东西吗？"

"章，我们去里面看看。"

父亲先走了过去，洞穴的墙壁上忽闪忽闪地反射着手电筒的灯光。

"啊——！"

"怎么了，掉下去了吗?！"

"注意，从这里开始路倾斜得更厉害了！"

父亲的声音从下方传来。

"简直就像是蚁穴一样。"

"嗯，我要是再多带几块电池就好了！"

久太郎发出遗憾的感叹。

"爸爸，那个叫左森的人，是不是也是像这样被什么人关在了这里呢？"

"嘘！章，有什么东西。"

深处有青白色的光闪现。

"是谁！"

"就是那东西！我昨晚看到的幽灵一样的怪人！"

"那就追！"

两人向影子追去。洞穴渐渐开始变得又窄又矮，正这么想着的时候，眼前突然开阔，他们来到了一个像大厅一样空旷的场所，甚至能听见声音的回响。

"喂，有人在吗！"

"……"

"是谁在那里！为什么不回答！"

有什么东西始终在黑暗之中注视着他们。看来敌人有很多。

正当久太郎想要往深处的墙壁靠近时，一旁突然冲出了什么东西将他的手电筒打落在地上。

"可恶！"

他想要弯腰捡起来，却有什么突然扑到他的背上，手电筒便在这间隙被抢走了。章奋不顾身地向那东西冲过去。确实碰到了什么。有什么压在父亲的身上，并与父亲一起倒在地上。这时又有另一个家伙伸出了手，勒住章的脖子。那是双指节粗大，冰冷如钢铁的手。章一个过肩摔，将那家伙摔了出去。

发出了沉重的声响。

"章，等着我！"

咻的一声响，亮起一道令人目眩的光，霎时照亮了四周。幸好父亲的口袋中还装着一盒火柴。

"真是够呛……那些家伙们怎么样了？"

父亲的肩头在流血。怪人们全部消失了——不，脚下还躺着一个刚才被章摔出去的家伙。

这是一种何等丑陋的东西！身体的外形确实很像人类，但实际上完全不是灵长类生物，皮肤肿胀得像某种皮，头像鸦天狗，而且眼睛上没有眼皮。脑袋上不断流出白色的液体，看来是被章一击毙命了。

"我把它杀了！"

章发着抖喊道。

"如果你不杀它，那我们就要被杀了。它们也不是人类，我们应该没有犯杀人罪。"

"爸爸，我们该怎么办……"

"别怕别怕，不要在意，我们这是正当防卫。"

父亲说着，又点燃了一根火柴。

"光源姑且还够，在用完之前得找到出口。"

"找另外的出口吗？"

"嗯。这里的空气很干燥，但仔细感受能感觉到有微风通过。大概在什么地方另有能通风的口。"

春岛不愧是经验丰富的著名探险家，即便情绪高涨十分兴奋也仍旧察觉到这些细节。他催促着章，开始着手调查这个像祠堂一般的地下空间。

连接着许多洞穴。

火柴靠近其中一个洞口的时候，火焰轻微地摇动了一下。

"就是这个洞。"

他点亮另一根火柴，两人走了进去。洞穴内是向上的坡道，再往前出现了一股岔道。久太郎选择了右边的那条。

"就是这里！有通风口！"

章仰头向上看，上面有一扇仅容一只手通过的窗口，从外面传来些许青草的味道。

"这上面就是地面吧。"

他们二人非常失望。窗口的构造像潜望镜一样，看来是不可能看得见那令人怀念的蓝天与阳光了。

再继续磨蹭下去，外面的任何人都无法发现两人，他们要这么饿死在这地下洞窟之中。

"好想出去啊！"

回想起入口处的那尊木乃伊，章被无法言说的恐惧吞没了。

## 殿町的秘密

日落之后，有两个身影正朝着完全陷入黑暗的采石场走去。

"殿町先生。"

私家侦探凤俊介轻声唤道。被叫到名字的人青着一张脸看向俊介。

"您在找的东西，难道不是这个吗？"

凤手中的，正是那奇怪的石头。

"我先把这些捡起来了。看来这与您被偷走的那个圆形石质装饰物是同一种东西，不是吗？"

"……"

"您不愿意告诉我关于这个石头的事情。不论您拒绝告知的原因是什么，这都是一个重大失误。而我被动地被牵扯进了您自身的秘密当中，或许相比幽灵怪人，我应该先调查您，说不定还能更快找到答案呢。"

"我……我真的……完全不知道那个幽灵的事！完全不知道！"

"这我知道。若非如此，您就不会在事件刚发生的时候专程来找我了。但那件石质装饰物被偷，让您想起了过去发生的某件事情。就像旧伤再次裂开一样。因此您才会来到这里，想把曾经埋在这里的证物挖出来，对吗？"

"你……你到底调查了多少关于我的事？"

"不少。但我只是想要您亲口说清楚。"

"不是我，我没有杀他！是我的同伴黑泽把那个人杀掉的，我根本没有动手！"

殿町突然像是被什么附了身一样，喊出了非常不得了的事情。

"黑泽？这个黑泽，是您的朋友吗？"

俊介努力装作毫不在意的样子询问道，巧妙地套他的话。

"是我的商业伙伴，我就是从他那里买到的宝石。但是他把那个人杀了，还带着几乎全部的宝石逃走了。"

"那个人，指的是谁？"

"左森伸吾啊。"

殿町如此回答道。等他意识到自己说漏了嘴的时候，已经晚了。

"可恶！我到底说了些什么啊！"

俊介仿佛是为了照顾他的情绪，安静地守在一旁。

"去我事务所细说这件事吧，如果您愿意，我可以请您喝杯茶——"

返回凤侦探事务所的时候，殿町非常沮丧，虽然面色有些发青，但似乎已经认命了。

"既然事情已经变成这样，那我就只好从头到尾仔细告诉你了。"

他以此为开场白，将下面的秘密诉说了出来。

往前回溯大约二十年，当时还是宝石商人的殿町，被某个神秘人委托鉴定了一批宝石。

那个老人自称左森伸吾。似乎是从大陆回来的，晒得黝黑，有着与年龄不符的强壮身材。

老人左森在殿町的面前随意地倾倒出一堆宝石，并对呆住的殿町说，这些宝石是从西藏腹地里，蚁人的秘境中带回来的。

"蚁人？蚁人是什么东西？"俊介如此询问道。

"那个男人是这么说的，那里是个与世隔绝的奇妙地方，他冒着九死一生的危险，好不容易才活着回来了。"

"令人难以置信啊！"

"我当时也是这么说的。"

殿町继续说道。于是左森拿出了三四个神秘的证物。比如像是西瓜大小的圆形石球，表面非常光滑，乍一看确实让人感觉这是不属于这个世界的未知之物。

于是殿町将自己的伙伴黑泽庄造引荐给了他，之后老人左森就将宝石卖给了黑泽。

但两三天后，黑泽突然悄悄地来找殿町，同他商量要杀掉左森然后平分宝石这样可怕的事情。

与胆小畏缩的殿町不同，黑泽强行将老人左森约了出来，并将他杀死在了租借来的别墅中。

吃亏的是殿町，最后留给他的只有那两个圆形的石球，和少许宝石。

"我拿到的石头，其中之一就是之前被幽灵偷走的，壁龛中的装饰物。另外一个我丢在了采石场，现在被你捡来了。"

"我明白了。那当时租借来杀人的别墅，是在哪里？"

"现在被一个叫春岛的人买下来住着。"

"好，那我们就去那里！"

性急的俊介催促道。

## 燃烧的尸体

什么声音也听不见，比墓穴还要黑暗。在宛如地狱底层一般死寂的洞穴之中——

"现在几点了？"

是章的声音，他询问道。

"表停了。好像是在刚才打斗的过程中弄坏了。"

是久太郎的声音。他们产生出仿佛已屈居这片黑暗之中一年之久的错觉。

"唉，肚子好饿啊。"

章有点想哭。

"那个，就没有什么方法能通过这个通风口与地表取得联系吗？"

"通风口啊。刚才我们两个人不是拼命喊过了吗，完全没有效果啊。"

如此回答道的父亲突然啪的一声拍了下大腿。

"对了，还有那种办法！我怎么一直没想起来呢！"

父亲突然开始脱起身上的衬衫。

"在这里把什么烧起来，烟一定会通过那个通风口飘到地表！"

"啊，对哦！但是这能被发现吗？不会在被发现之前，我们就被烟呛死了吧……"

"那难道说就什么也不做，等着饿死吗？"

他将火柴靠近衬衫，然而蓝色的火焰在发出扑哧扑哧几声之后，很快就熄灭了。

"点不着，这衣服是化学纤维！"

父亲气愤地喊道。

"章，你身上有什么能烧着的东西吗？卫生纸也行。"

"我什么也没带啊。"

"没办法，那就只好烧那个了。"

久太郎顺着来路走了回去，过了一会儿拖着什么东西回来了。

章看着那东西下意识地跳了起来。

是刚才那具怪物的尸体。

"爸爸……你不会是要……"

"这也是不得已为之。把它烧了，为我们派上用场也算是超度它吧。"

"不要这样！"

"章啊，人类被逼到绝境的时候，是不能以常识来思考的。"

他用火将尸体点燃。本以为只会冒点烟，没想到真的烧着了。怪物的身体仿佛硬纸板一样烧起来，十分令人意外。

火光中的父亲面似罗刹，将衬衫丢在了燃烧的尸体上。他们成功升起了烟。

章也把衣服脱下来。挥着衬衫，将烟扇往通风口。

又热又难以呼吸，眼泪止不住地往外流。

"蹲下来！蹲下来扇！"

尸体烧得更旺了，逐渐开始变形。

"别出声，我听见什么声音了！"

章立刻集中起精神。

"喂——"

从通风口传来了人类的声音。

"喂——是谁在里面！"

人声再次传来。章和父亲激动地回应这声音。

"喂——救救我们！"

"你们是谁！"

"我是春岛章！我父亲也在这里！"

"喂——要怎么进去你们那里！"

"从防空壕进来！请把尽头的土墙挖开，从那里进来！"

"好，你们等着！"

听到声音之后，两人欢天喜地。在遭难时遇上前来救助的人，应该所有人都会如此吧。

"章，我们去那个空地欢迎他们。"

久太郎带着章折返回去，正好听见对面传来众人的脚步声，接着就被手电筒的光照亮了。

"是春岛先生吗？"

"是的。"

"鄙人姓凤。是我发现了烟。我见到了您夫人，夫人说您从昨天起就不知去向，她非常担心您。"

"非常感谢。那个通风口外面是什么地方？"

"是后面的一口井。我看到井中冒起烟来，想着莫非有人在里面，就试着叫了一下。来，接下来的事情就交给我们，请先出来吧。"

随后陆续进来了五六个人，是穿着便服的刑警和巡警。


## 裂开的石头

在地下通道中被警察仔细地询问调查了一番。

"怎么样，你那边有收获吗——"

"什么也没有啊，翻遍了也什么都没有。你那边呢？"

"这边的洞穴很深，但连只老鼠都没发现啊。"

从章那里了解到事情始末后，警官难以置信地提出种种疑问。

"真的很奇怪啊。按道理来说，那里应该至少藏着十只左右的怪物，可是居然一个都没有发现，太奇怪了。"

"应该是藏在了什么地方。"

俊介开口道。

"我们的工作就是把藏起来的人找出来啊！"

警官怒道。

"木乃伊呢？入口处的木乃伊尸体。"

"已经运往鉴定科了。"

搜查持续了几乎一整天。

——然而始终没能找到怪物。

但在几个不同的地方，得到了其他收获。

那种圆形的石头。两个，三个，四个。连碎片也发现了至少十二片以上。

地下通道中的木乃伊和神秘的圆形石头。充满百分百惊险刺激的新闻，醒目地登在了当地报纸上。

木乃伊被送去了警视厅，圆形石头被送去了东大理学部的研究室。俊介与春岛，以及他的儿子章，也一起前往。

"向您介绍一下，这位是理学部的教授，柳原博士。"

俊介向他们引见道。他曾经是柳原博士指导的学生。

"教授，究竟结果如何？那个圆球到底是——"

博士严肃地开口说道：

"我先说一下研究的结论，那个矿物恐怕不是出自人类之手，是由某种特殊的精炼法所提炼出的物质。而且似乎迄今是学术界未知的物质，因此非常遗憾，无法得出更加令人满意的结果了……"

"那个，教授，我知道那不是人类制作出来的东西。一定是我看到的那些怪物做出来的吧，他们一定知道那种矿物的制作方法。"

看着积极将自己的想法倾吐的章，博士说道：

"是吗，你的意思是那个怪物是不同于人类的高等生物，是吧。"

"是的。它们的皮肤像甲壳一样，摸上去一节一节的，很坚硬。而且——"

父亲也插嘴道。

"然后呢？"

"这话可能听上去很怪，但那东西的身体能被火点燃，燃烧。我从未见过肉体这么干燥的生物。"

"请等一等。"

博士仿佛想到了什么，将研究室里的抽屉打开，从中取出几本相册递给了章。

"请你看一看，这里面有没有你看到的那个怪物。"

看来这本相册中收纳的是印度及中国西藏的人所绘制的耶提①——也就是雪人的复印图片。

有的像猩猩，有的像其他东西。

认真翻阅着的章突然神色一变。

有了！找到了！其中一张照片里画着的雪人——正是那天所见的，脸如同鸦天狗一般的丑陋怪物！

"是这个！就是这家伙！"

"没错，确实是这家伙！"

父亲也看了过来。

"真是不可思议！像雪人一样的生物居然会出现在日本。"

到底要如何将这两种东西关联起来呢？博士皱着眉思考了起来。

---

① 耶提（Yeti），一种传说中在喜马拉雅山脉活动的半人半猿的大型类人生物。

与此同时。

"教授！柳原博士！"

助手从研究室里面跑了出来，兴奋地喊道。

"石头……那个圆形的石头……开裂了！"

"什么！"

一行人同时变了脸色，奔向了收纳于箱子中的石头。

## 化成灰的怪人

章他们死死地盯着箱子中球一般大小的圆形物体，空气中充满了惊人的紧张感。

石头发出了轻微的声响。

"哦哦！是一点一点在裂开的声音！"

"要破了！"

柳原博士和俊介同时叫出了声。

石头裂开了一块。

"……"

所有人都屏住了呼吸。

接着又裂开了一块。石头失去了重心，滚落在了地上，就在这时！

章看见了。

他看见了石头里的东西。发着像磷一样青白色的光。

虽然团成了一团，缩得很小，但正是那天夜晚所见到的幽灵。

章紧紧地握住了父亲的手。

看见了脸。上面有眼睛，但那完全不是人类的眼睛。像玻璃珠一样空虚无神。还有嘴！突出的，仿佛鸦天狗一样的尖嘴。脖子细得好像随时都会折断。

慢慢地，这东西完全从石头里出来了。变成像小狗一样的大小，甚至还在继续变大中。

"是这东西吗？"

"是的。"

"完全不动啊，教授。"

怪人看上去完全没有呼吸。十分钟，数十分钟过去了，也仍然躺在地上一动不动。

"爸爸！这个圆形的石头，拿了多少来东大呀？"

父亲猛地一惊。

"不好！还有三个在哪里？"

"放在标本室里了。"

"可能要出事，标本室在哪里？"

"在三楼。"

反应最快的章已经行动了起来。接过门钥匙的父亲紧随其后。

此时太阳早已下山，理学部的大楼中一片黑暗，非常安静。

父亲打开电灯开关的同时喊道：

"来迟了！"

三个石头已经全碎了，碎片从架子一直散落到地上。

"已经生出来了啊。"

"不好说，应该还在这个房间里！"

"好，提高警惕，仔细找找。"

架子……架子……各种各样的石头标本，还有化石。他们忘我地逐一排查着。

突然，章发现通往隔壁房间的门半开着。

他摸索着灯的开光，然而这里一片漆黑，他怎么也摸不到。突然有什么东西从黑暗中冒了出来，按住了正四处摸索着的章的肩膀。

他转过头来，正对上一张弯月一般的嘴，和一对空虚的眼珠，距离近得几乎碰到了鼻尖。

"哇！！"

章发出又像是悲鸣又像是喊叫的声音。怪物的手从他的肩头向脖子移动而去。章吓得对着那家伙的胸前部分不断地击出上勾拳。

砰的一声，怪物弹了出去。

"在这里！！"

章终于喊了出来。怪物快速地转身逃了出去。通往屋顶的阳台门被打开了。只要将它逼往屋顶，它就无路可逃了。

"爸爸，走这里！那家伙往屋顶上跑了。"

在理学部大楼宽阔的屋顶上，仿佛跳舞一般左摇右摆的青白色影子。一个，两个，三个。突然，发生了令人出乎预料的事情。

怪物们攀上一旁的烟囱，本以为它们要向上爬，没想到它们却突然跳进了烟囱中。

完全没有令人反应的余地，三只怪物就通过烟囱落到了位于地下的火炉中。

这时父亲才终于来到了屋顶。

"不行啊，让它们逃走了，要赶快去地下室！"

章跺着脚，好像快要哭出来了。

## 意外的惨事

等他们二人从研究室拿到地下室的钥匙再匆忙返回的时候，意想不到的事情正在等着他们。

"啊！"

房间的地面上铺满了碎玻璃和各种液体，几乎连落脚的地方都没有。助手冈崎被笼罩在烟雾中，脸色涨得青紫，坐在地上大口大口喘着粗气。

"那东西……打破了玻璃箱子……然后袭击了我……勒住了我的脖子……非常抱歉……"

"逃走了吗？"

"不……我用身边的本生灯去烧那东西，当时完全凭本能在行动……火把它烧着了……我没来得及去扑灭……"

手指指向地面上一团黑色的灰烬。那就是怪物凄惨的残骸。

"别告诉我……别告诉我地下室的火炉里，是点着火的啊？"

章一边咳嗽一边问道。

"是的……养殖箱的暖气里……烧着炭……"

万事休矣！

恐怕那三只跳进了烟囱的怪物，已经在一瞬之间被烧成了灰。

"这……这太荒唐了！"

父亲无力地坐倒在地上，陷入沉思。

这时，拿着照相机的俊介和博士一行人蜂拥而至，看见眼前的景象全都呆住了。


"连一张照片都没能拍到，也就是说完全没能留下任何证据啊。"

俊介不经意说道。

"我们几个就是证人，看得很清楚。"

章看上去非常不甘心。

"没有证据就没法知道怪物的真面目啊。"

"博士，昆虫都是有坚硬外壳的生物吧？还会织茧，产卵繁殖对吧？跟那些家伙不是挺像的吗？我觉得那怪物是与昆虫相关的生物。"

"这个想法非常有趣。但是孩子啊，昆虫被称为节肢动物，也就是身体由许多节肢体联结着的生物，而且昆虫的呼吸孔在身体侧边，并不是像人一样用鼻子和嘴呼吸。所以虽然有与昆虫相似的地方，但不相似的地方反而更多呢。"

在柳原博士准备继续解说下去的时候，电话响了起来。

"是从长野县打来的长途电话，春岛先生。"

啊，是妈妈打来的！章松了口气。

"你好，我是春岛久太郎，请问你是？"

"我是警察。请尽快返回，您家里发生大事了。"

"大事？发生什么了？"

"房子突然塌了，而且毁坏得非常严重。"

"啊？我太太怎么样？！"

"请放心，您太太只是受了一点轻伤，现在已经没事了。"

"我们……立刻回来！"

父亲铁青着脸放下了听筒。

"章，我们立刻开车走！"


春岛宅一片狼藉。

从地基到墙柱全被拔了起来，房子整个被压扁了。地面也被翻了起来，从屋顶往下看几乎是一片泥泞。

"可恶！这是有计划的报复啊！"

父亲咬牙切齿地说道。

"嗯？"

"是那些家伙干的，肯定是它们。"

"那些怪物！"

"没错。那些家伙在地下通道里吃了大苦头，所以我们家首当其冲遭到了破坏。你看到那些被挖出来的土了吧？它们在地下挖洞，然后推翻了地基。"

真的是这样吗？仅仅一天的时间，就能挖出掀翻整座房子的大洞来吗？但如果是那些家伙，或许……

章不禁打了个冷战，冥冥中有种不祥的预感。他眼前浮现出了这样的景象，丑陋的怪物此刻正在自己脚下的泥土之中蠢蠢欲动。难道说，这附近的地域已经被怪物们占领了吗？

这天夜里，仿佛是在嘲笑章一般，镇上突然发生了大事件。

有四处房子发生了崩塌。到处是乱窜的黑色人影。

以及第三天，镇上陆续发生了房屋崩塌事件。

甚至有一次就在章的眼前，一栋农业合作社的三层大楼晃了晃，接着伴随巨大的声响倒塌了下来。

之后的某天，俊介毫无征兆地出现在了章的面前。

"章，告诉你一件刚刚发生的事，警视厅已经设立了特殊搜查部，好像终于要开始认真调查事件的原因了。"

"意思是说，要对付那些怪物了吗？"

"这个嘛，涉及怪物的事情他们不太相信你们呢。不过这也是没办法的事。但总之，他们今天好像要彻底搜查一遍你家的防空壕和地下通道。说不定会有什么收获哦！"

章兴奋极了。

"太好了！那我也可以去吗？"

"可以啊。但你一定要小心，怪物特别记恨你和你的父亲。"

那天的下午，搜查开始了。

柳原博士一行也来到了这里。数十位武装警察和调查员正等待着随时潜入坑道之中。

"哦哦，章，终于到了要与怪物们进行最终决战的时候了。这次一定要把它们一锅端，全部关进牢里。"

之前见过的那位面庞发红的警官，极为自信地说道。

"但对手可不是人类，好担心啊。"

"怕什么，我年轻的时候对鬼和幽灵这类比吃饭还感兴趣，早就习惯怪物之类的东西啦，你就放心吧哇哈哈哈哈！"

警官转向柳原博士，说道："差不多准备开始了吧。"

柳原博士看了看表，正是下午两点。

"好，冲进洞里！"

警官下了命令，三十人的先遣队蜂拥而入。他们人人手中都拿着手枪、喷火器，以及催泪瓦斯。

章也随着警官和俊介一起进去了。光线像闪电一样在地下通道中忽闪忽闪，他们来到了之前曾到过的那片大空地。在这里，他们曾与怪物进行过一场大乱斗。

脑内警钟敲响的时候，章他们一行人才察觉到自己大意了。

咚咚咚咚咚！

突然，这片空地的顶部塌了下来。

"危险！章，快跑！"

俊介的声音响起时已经晚了。巨大的土块一块接着一块从三人的头顶落下。

他们落进了怪物的陷阱。怪物们想要将他们活埋。

## 没有入口的房间

章忽然抬起了头。脑袋痛得像裂开了一样。看来他刚刚失去了意识。不过话说回来，为什么洞穴里会这么亮？

"凤……先生！"

章一边呼唤着，一边试图站起来。但身体仿佛脱了力，完全站不起来。

他发现自己被搬到了一个青白色的四方形小房间里，房间的四壁似乎涂了夜光的涂料，正发着淡淡的光。

更奇怪的是，这个房间没有入口。简直就像是被装进了箱子里。自己到底是被从哪里搬进来的呢？

过去了很长很长一段时间，突然，墙壁的一部分开始崩落，然后逐渐露出了一个入口大小的洞，有什么人从那里进来了。

"啊……"

章屏住了呼吸。圆圆的光头，细长的四肢，玻璃珠子一样的眼睛。是那个怪物！

"你，醒了吗？"

令人意外的是怪物在说非常清楚的日语。

"纳塔大人命令我带你过去，跟我来。"

那个怪物的身上裹着白色的布，他以前在父亲的相册中看过这样的装扮。对了，是西藏喇嘛的打扮。

他伸出手，想要把章拉起来。但看见章扶着脑袋，一副昏昏沉沉的样子后，他从腰带里掏出一个神奇的袋子，然后从中取出几粒黑色的像种子一样的东西，递给章，并示意他吃下去。

章鼓起勇气将黑色的种子一口吞了下去。吃下去一分钟还不到，全身上下的疼痛就消失了。他尝试着站起来，发现已经完全不晃了。

看着章恢复的样子，怪物满意地点了点头。

"跟我来。"

说完，他走了出去。别无他法，章只好也跟在他身后走出去了。入口外另有两只怪物趴在地上，待他们通过后才站起身，将泥土填在入口，仔细地封起来。

怪物用青白色的光照亮了黑暗的通道，徐徐前行着。章在他身后问道。

"这里是什么地方？"

"距离地表三十身的地方。纳塔大人在七十身的待客室里，往下走的路，注意安全。"

"纳塔是谁？"

"女王，不，是比女王更为尊贵的存在。她统治着我们，并且知晓这世界上一切事物。是一位尊贵又以慈悲为怀的大人，你可以向她求情。"

"也就是说，我成了俘虏！成了你们这些怪物的俘虏！"

"我的名字叫齐洛思。"

怪物冷淡地说道。

"请不要叫我怪物。在我们看来，你们才是怪物。身上长这么多毛发的生物，在我们看来都是野兽。"

章有些不服气，但他明白此时不是斗气的时候，因此他又问了别的问题。

"为什么你会说日语啊？"

"我被命令学习这语言。我的几个同伴们，被要求需要学习各种各样的语言。"

"那也就是说，并不是你们所有人都会说话，是吗？"

"其他大部分人只能发出表达意图的声音，因为他们的主要任务是别的工作。能说话的只有纳塔大人，以及我等十人。"

前方的道路变成了非常陡的坡道，章滑倒了五六次。走着走着，眼前突然开阔了起来，来到了一个宽广明亮的大空间。

"到了，这就是纳塔大人的会客间。"


## 纳塔的会客室

在这个宽阔空间的正面，有一座由土堆砌的高台，高台上站着一个颇有威严的小体形怪物。虽然外观仍然是怪物，但能够从她纤长的四肢与身体的曲线上感受到，以怪物的审美来看，她一定是位非常美丽的女性。

她头上戴着一个圆形的，类似白色花冠一样的饰物，看不出来她是不是光头。玻璃珠子一样的眼睛闪着水光，她凝视着走进来的章。章使劲地瞪了回去。

"你是叫作……春岛章，对吧？"

纳塔的声音宛如清脆的铃声。章吃了一惊。

"啊，是的。可是，你怎么知道我的名字！"

"这世界上发生的事情，我全都知道！"

纳塔用开玩笑的口吻继续说道。

"我还知道你与你的父亲阅读了蚁人境的记录。关于那东西，你怎么想？"

章完全被折服了，原来自己一直被注视着，看来在这个女人面前是藏不住任何事情的。

"你们莫非就是记录中所记载的蚁人族？"

纳塔无视了他的问题，接着说道。

"我们想与你们进行协商。我们必须扩大城市（纳塔所说的城市，看来指的是洞穴），但这里的土壤质地非常糟糕，因为靠近火山，火山岩非常多，不适合在这里建设城市。我的理想是在柔软的洪积层中建立城市，想让我的族人住在你们称为东京的城市地下。我把你叫到这里来，就是为了商量这件事。"

纳塔的语气非常理所当然，仿佛说着的根本不是一件可怕的事情。她居然想在东京的地下开满洞穴。

"你知道你们在地下挖洞，在地表上制造出了多少麻烦吗？就连我家……"

章非常不甘心地咬住了嘴唇。

"如果东京也发生这样的事情，后果真的不敢想象。大楼倒塌崩坏要怎么办？"

"这取决于你们。如果你们迫害我等一族，只会招致报应。"

女王对齐洛思说了些什么，他拿出一张黄色的光滑纸张，像羊皮纸一样，并将它展开。令章非常震惊，那上面清晰而正确地绘制着东京一带的详细地图！

章再次意识到了这件事情的严重性。

"你想让我做什么呢？我还只是个少年，这种事情你跟我商量也没用啊。"

"不，你可以的。"

章放弃了继续解释。看来他们认为，只要是人类，谁都可以作为商谈此事的代表。

"我的要求就是这个办法。"

"办法？"

"是的。我想让你们把我们的先遣队送往东京。"

"啊？"

"东京离这里很远，中间还有像妙义山那样岩质坚硬的地方，从地下过去非常困难。但走地上会非常简单。"

"可是……"

"不用担心，我们会制作睡眠壳，然后钻进壳里让你们人类运送。"

纳塔所说的"睡眠壳"，或许就是指那个圆形的矿物球。

"你要让谁帮你们运啊！"

章这么说着，突然明白了。

"让我吗？！"

女王点了点头。

"如果你不答应，将永远无法回到地上。"

"……"

注视着沉默的章，纳塔渐渐失去了耐心。她抬手示意，章的身后出现了两个貌似卫兵的蚁人，他们无声地靠近，毫无破绽，蓄势待发。

"我不要！"

章明确地拒绝了。

"我宁死也不做这事。"

"你还是个孩子呢。"

纳塔用对待孩子一般的态度责备道。

"去安静的地方再仔细想想，我等你改变主意。"

齐洛思走在前面，章和卫兵随后走了出去。谒见结束了。

## 地狱的裂口

漆黑的隧道，或许这就是通往死亡的道路。要逃跑只能趁现在了。对了，利用一下齐洛思。

拐过寂静的转角时，章突然瞄准卫兵的后背，使出了空手道的招式。

"扑通！"

响声过后，其中一个后仰着倒下了。另外一个卫兵从布一样的衣服里拿出把类似小刀的武器，向章袭去。章躲过小刀的攻击，抓住了他的手，并将他撞向岩壁。然后夺过小刀，抵在准备逃跑的齐洛思胸口。

在狭窄的洞穴中，章的突袭奏效了。

"看到他们两个的下场了吧？如果你不听我的话，你也会变成那样！"

"……"

齐洛思身上青白色的光，好像在反映他内心的不安一般忽闪忽闪。

"直接带我去出口，路上遇到你的同伴你也不许说话。对了，你就说是女王的命令。"

齐洛思摇摇晃晃地带起了路。他似乎非常恐惧，一句话也不说。顺着狭窄的道路向上爬，听到了隐隐约约的流水声。好像是地下水系。

忽然，齐洛思转过了头，仿佛前面已无路可走。

章看向脚下，猛地吓了一跳。前方什么也没有了，洞穴至此就是尽头，地面开着一个巨大的口子。

底下一片漆黑，深不可测，水声就是从那遥远的下方传来的。

洞穴的这一边到对面之间架着一座很窄的木板桥，齐洛思正准备走上去。

章咬紧牙关，决定绝不往脚下看，紧跟着走上了桥。齐洛思似乎已经习惯了这样的高度，脚步非常稳。

终于走到桥的正中时，齐洛思再次回过头来看他，弯起的嘴角仿佛在笑。

看见他的表情后章心中一紧。

——狡猾年长的蚁人，怎么会被区区一个孩子所摆弄呢？

"糟了！中了齐洛思的圈套！"

章一动也不敢动。

"你想把我带到桥正中，然后把我推下去！"

齐洛思露出了像捕食者一样的笑容，等待着章的反应。章感觉到自己握着小刀的手已布满了汗水。察觉到章意图的齐洛思，突然开始向他一步一步靠近过来。终于来了。

"去死！"

一边喊着，齐洛思一边用尽全身的力气撞向章。

与此同时，章握着小刀划破了齐洛思身上裹着的布。但非常遗憾，因为脚步不稳，他没能命中。一眨眼章从桥上掉了下去，他拼死以单手抓住了木板的边缘，非常险地吊在半空中。

"要掉下去了！"

齐洛思挂在他的腿上，他无法忍受齐洛思的脸，使出浑身的力气蹬着两条腿。伴随着悲鸣，青白色的光渐渐远去，齐洛思缓缓地消失在了幽深的谷底。

反作用力差点又将章甩至半空。

虽然两手都抓在木板上，但只要稍微大意一点就会同齐洛思一样掉下去。

章使出最后的力气，决定就这么吊在木板上移动到对面。

一米，两米……考验耐力的时候到了。

一边移动一边觉得自己的体重在以十公斤、二十公斤的幅度增加着，汗水止不住地流进眼睛和嘴里，满是咸腥。掉下去就完了……

"我不要！"

"就坚持这一会儿！"

章咬紧牙关，给自己打气。心跳声快得仿佛要震破心脏，气也快喘不上来了。

"不行了，掉下去算了……"

这样想着的时候，他感觉到自己的鼻尖碰到了岩壁。他成功爬到对面了！

章爬了上去，一时之间他喘得像条狗一样。

终于渡过了难关。


## 少年章的报告

不知道过去了多长时间，他猛地被某种声音所惊醒。

是石头崩塌的声音。

似乎是近在眼前的岩壁发生了崩塌。章保持趴着的姿势观察着周围的情况。崩塌的声音逐渐停止，接着出现了数个青白色的人影，朝着左边走了过去。就在此时，章感觉到清新而凉爽的风吹拂在了他的面颊上。

是来自地面的风！

等到人影全部消失后，章向着他们来的方向冲了过去。既然他们能从洞穴中出来，那边或许就是与地面相连的通道。他试探着摸索墙壁，发现了石灰的痕迹，是刚刚被填上的洞。

蚁人们有着如此天才般的技术。或许他们就是使用了这种技术，躲藏在一旁横向的洞穴中，然后将入口封住，因此之前警察们在地下通道里搜索的时候，才会连一只蚁人都没有发现。蚁人们大概在一壁之隔的洞穴中嘲笑着警察们吧。

章开始四处寻找尖锐的石头。

咔嚓！他尝试着去砸墙壁。刚刚涂上的石灰似乎比想象中更为脆弱，化为粉末扑簌扑簌地落了下来。章忘我地挖着。

啪的一声石灰全部被挖开了。

然后他看见了夜晚的天空……

射入的星光。

章脚步蹒跚地从洞穴中走出，站在了草地上。

令人惊奇的是，这里就在采石场的后面。

采石场的办公室亮着灯，仿佛在邀请着章前往。他拖动两条腿努力地过去，最终在窗边倒下并失去了意识。


醒来的时候，他发现自己好好地睡在床上。

父亲，母亲，柳原博士，警官以及医院的人全围在他身边，所有人都是非常担心的表情。看见他醒来，大家松了口气。

"章……我好担心你啊！"

母亲的声音不经意间带上了哭腔。

"是发现你的人把你送来这里的。"

"倒是没受什么伤，就是脱了力。总之，你好好休息吧。"

父亲也说道。

"现在不是休息的时候！"

章大声说道，蓦地坐起了身。

"请听我说。相比我的身体，我有更重要的事情要说！"

"重要的事？"

章喘着气，将发生的事复述了一遍。地下的女王，蚁人们入侵东京的计划，以及蚁人女王是拥有多么难以想象的智慧的怪物……

大家面面相觑。警官的脸上就差写出难以置信几个字了，他询问道。

"也就是说，在这片区域的地下，有着规模复杂的地下城市？"

"嗯，春岛先生，看来正如那个老人左森的记录所说啊。"

柳原博士静静地说道。

"不管是女王，还是地下城市，还是夜行的习性，都与记录中所描述的蚁人如出一辙。左森将那个壳带回了日本，因此他们才开始在这里繁殖了啊。"

"我也这么想的。虽然听起来是很可怕的事情，但他们确实有着像虫类一般惊人的繁殖力和行动力。想要搬往东京，或许是因为他们繁殖得太快了。"

"女王的手中有非常完整的东京地图。"

少年边回想边说道。

"而且……她还要求我将睡眠壳带去东京。"

"睡眠壳？"

"嗯，就是那个石头的壳。蚁人们随时都能将自己塞进那个小小的壳子里……啊，对了！"

"什么？"

"我们本来以为那个壳是蛋，但其实是蚁人安眠的地方吧？你看，就像在茧中的蛹一样。没有事的时候就钻进壳子里，进入睡眠状态，不是吗？"

"很有趣的说法，也就是说他们能冬眠是吗。原来如此。"

如此说着，柳原博士沉思了片刻，又接着说道。

"老人的记录中写着，'蚁人的女王说他们拥有永恒的生命'，我明白这句话的意思了。钻进那个壳子里，说不定可以暂时性切断与周围环境的联系，暂停生命机能。"

"总之，我们今后的调查方针里一定需要更多警视厅的协助，要将这一片地区的地全部挖开。"

警官猛地说道。然后匆匆离开了。

"看来是我们过于小看了他们，一直以来的做法都太不谨慎了。"

博士嘟囔道。

## 杀人犯黑泽

柳原博士的文章发表后，报纸突然开始将这个事件当作了头条。文章中还加上了章的亲身体验经历，一时之间，全日本的人都被兴奋与不安的情绪笼罩了。

东京危险！

20 世纪的怪物？

宇宙来的侵略者？真相不明的怪物，与少年会面。

伴随着这样的标题，章与博士的照片一同被大刺刺地展出在报纸上。章被捧成了极富冒险精神的少年英雄。每天寄来章病房的信像山一样多，上面写满了鼓励与询问。其中甚至还有误会他是第一个见到乘飞碟而来的外星人的。

另一边，警察们开始更加严格地检查轻井泽往东京去的火车和汽车。火车上的货物都逐一打开检查，生怕其中有睡眠壳混进去。

在这段繁忙的时间里，调查局的人以及各种学者，频繁地进出这座城镇。然而令人感到奇怪的是政府的态度，并没有积极参与这件事。或许对于政府方来说，预算的问题是一方面，像这样原因不明的事件，立刻提出彻底的解决方案还为时过早。

"现在不是躺着的时候，我太担心了。"

章走出病房，来到了走廊。母亲温柔地劝阻他道。

"你不用担心，父亲和柳原博士一定会顺利解决这件事的。"

"凤先生呢？"

"他说有要调查的事情，两三天前就前往东京了。好像是说，发现了一个叫黑泽的人的行踪。"

"什么？黑泽？！"

"是什么人呀？"

"是杀死左森的凶手。就是左森从蚁人境回来后，为了卖宝石，殿町先生为他引见的一个男人……那家伙杀死了老人，然后抢了宝石逃走了。"

"哎呀……为什么这个人会在这时出现呢？"

"肯定是因为与蚁人境相关的报道开始陆续出现在大众视线，刺激到了他吧，终于忍不住就跑了出来。不是有这种说法吗，杀人案件越是轰动，杀人犯就越是会想回事件现场去。"

"真是的，小孩子不需要知道这种事情呀。"

"我在侦探小说里看到的嘛。"

章得意地笑了，随后返回了病房。房间里的窗子敞开着，夕日染红的天空给树林勾出一层金红色的边。

忽然，章在病床上发现了一张神秘的纸条。

刚才还没有这东西，大概是什么人从窗外扔进来的。

他展开纸条看了看，上面字迹潦草。

"赶快来见我，到采石场来。K"

——字条上潦草地写着这样的内容。

K——是谁呢？完全猜不出是谁。到底是什么人要以这样掩人耳目的方式与我会面呢？

章悄悄地穿起衣服，从病房的窗口溜了出去。

到达采石场的时候，天已经有些黑了。

有人坐在那里，往这边看着。

是从没见过的人。

那人目光锐利，身材瘦削，尖尖的脸散发出一股难以言喻的，令人恐惧的气息。

"就是叔叔你把我叫到这里来的吗？"

章询问道。

"没错，就是我。"

"有什么事？叔叔你是谁呀？"

"我是黑泽庄造，你知道的吧。"

啊，章在脑内喊出了声。

"你，你找我一个人，到底有什么事！"

"是的，我就是找你有事。不过在此之前我先跟你说好了，我的事你不能告诉任何人。明白了吗？你应该是个很懂事的孩子。"

黑泽这么说着，从口袋里掏出了手枪，一边得意地笑着一边摆弄着枪的扳机。

## 坏人的打算

"你的英勇事迹被登在最近的报纸上呢。"

黑泽的脸上浮现些许笑意。

"你应该知道，是我杀了左森那老头。然后我把老头的宝石全拿走了。那时候我基本上不相信蚁人的事。不过现在回想起来，那些宝石就是老头从地下的蚁人那拿来的吧。"

"……"

"我啊，想再见一次蚁人的宝石呢。说了这么多，你应该懂我的意思了吧？"

章明白了。黑泽想要利用他，再去见一次蚁人！

"蚁人的女王找你商量了什么事吧？你一口就拒绝了他们，我很佩服呢。但是啊，如果谈判双方都是成年人，是可以讲策略的。"

黑泽的态度一变，说道。

"带我去女王那里。"

他摆弄着手枪，仿佛章若拒绝，枪便随时都能对准他的胸口。

章咽了口唾沫，装作若无其事地回答道。

"你的意思是，纳塔给你宝石，你就答应帮助蚁人？把睡眠壳送到东京去？"

"没错。不过我可没有蠢到毫无准备就往洞穴里跳，所以你就给我好好当个向导吧，怎么样，孩子？"

"洞穴里的路我根本不认得！"

章如此说道。

这是真的。

就算认得，他也再不想进洞穴了。

"我拒绝。而且我必须走了。"

"走？你要走到哪里去？墓碑下面吗？"

章心里一惊，看向黑泽的眼睛。他明白自己已经无法拒绝了。

太丢人了，但现在最危险的就是违抗黑泽。被手枪抵着，他不情不愿地走了起来。

## 第三次潜入洞穴

警察也好，镇上的人也好，不管是谁，让我遇到人吧！然而章的期待落空了。他后悔极了，自己为什么会在这个时间点来到如此人迹罕至的地方呢？他来到了当初自己爬出来的那个洞口，果不其然，一个人影也没有。洞口有最近被调查队挖掘过的痕迹，架起了高台，上面还亮着灯泡。看来因为搜查无果，他们暂时离开了这里。不过于情于理，蚁人们也不可能让洞穴还保持原样。

两人站在洞穴的入口。虽然是被黑泽威胁着来到这里的，但章心里明白，就算进到洞穴里也无济于事。但黑泽似乎坚信不疑，他捡起丢在地上的铲子，递给了章。

"挖。"

"就我一个人，我怎么挖啊。"

"让你干你就干！"

没有办法，章只好拿起铲子。土墙被击打的声响逐渐被黑暗所吞没。

黑泽举着枪，警惕地环视着周围。拜托了，来人啊！章在心中默默地祈祷着。

三十分钟过去了，洞穴的墙壁上被挖出了大坑，章绝望地抬起头看着黑泽。

"好，你就在这儿对着里面喊，把纳塔叫出来。对了，记得说你的名字。"

"这怎么叫得到啊。"

"快喊！"

太蠢了，章这么想着，但又希望有人能够因为他的喊叫声而赶来。

"我要见纳塔！我是春岛章……"

毫无反应。

"再喊一次。"

"纳塔——！春岛章！"

他的声音被吞没在洞穴之中。

一遍又一遍地呼喊着。黑泽终于忍不住了，再这样磨蹭下去就会来人了。

"——"

他正准备说些什么的时候，墙壁的另一侧传来了什么声音。

蚁人听到了？

黑泽是这样想的，蚁人虽然将这洞口封上了，但一定藏在地下偷偷地监视着地面，而那个叫纳塔什么的家伙，如果听到章的呼喊声，知道这是与他们有特别关系的人，就会再次前来接他。看来他的想法被印证了。

墙上的土扑簌扑簌落下来，露出了洞。

青白色的光亮了起来，蚁人那熟悉的脸接二连三地从洞中深处浮现，打量着章和黑泽。

"我要见纳塔……我是春岛章……"

章用颤抖的声音说道。蚁人们向两边散开，让出了中间的道路。两人踏入了洞穴中。这是章的第三次地下旅行。

蚁人们紧挨着他们，引导着他们向深处走去。黑泽又惊讶又兴奋，得意到似乎把章的存在给遗忘了。对他来说，确实是第一次见到长相如怪物一般的蚁人。

章更加害怕别的事，那个仿佛地狱裂口般的裂缝，以及上面架着的细长木桥，是不是必须再从上面通过一次——

幸运的是这次他们似乎走了不同的路，在一间神秘的小房间前停了下来。这是一间笼罩在淡淡银光中的圆形房间，里面放着四五个像石头一样的东西。

似乎可以在这里见到纳塔。是正式的会谈。而且这次是他们主动潜入洞穴来到这里，蚁人的态度也与之前截然不同，变得郑重起来。


## 生气的章


蚁人们示意他们坐下，于是他们两人坐在了石头上。章重新开始观察起蚁人卫兵的模样。最令他感到奇怪的是，像人偶或面具一样，他们的脸上完全没有表情。

就算纳塔会微笑，他们会互相对话，那也只是嘴巴在动，不管怎么想象，这些动作都不像人类，表情完全没有感情。不管怎么看，眼睛都像是装上去的玻璃珠子，就像昆虫的复眼一样，你根本不知道它在看哪儿。眉毛、睫毛、胡子，这些人类有的东西他们一样也没有。仅有的类似人类的特征，也只不过是隐约可见的耳朵痕迹，以及像鹰嘴一样隆起的鼻子。

看来他们的等级要比纳塔和齐洛思低得多，只是把藏着小刀的布裹在腰间。

"纳塔那边让我来跟她对话，你只需要把我介绍给她，让她信任我就行了。"

"我也不知道纳塔会说什么。"

"你要是敢从中作梗，我不会让你有好果子吃的。"

黑泽的话音刚落，纳塔一行人就走了进来。两人站起了身。

"我们又见面了呢，章。"

纳塔的声音如铃声般悦耳。

令章震惊的是，齐洛思站在纳塔的身后。他被从那么高的桥上推下去，落进那么深的深渊中，居然还没有死！

齐洛思狠狠地瞪着章，即使是他那张毫无表情的脸，此刻也能明显读出愤怒的情绪。

章面无表情开始介绍。

"这个人叫黑泽，他命令我带他来见你们。"

"章，不管你是为了什么，我很高兴你能回来，这很需要勇气呢。"

纳塔微微一笑，语气既不像讽刺也不像恭维。

"我已经从齐洛思那里听说了所有的事情。但我始终坚信着，你们一定会实现我们的要求。"

"我就是来商量这件事的。"

黑泽插嘴道。然而女王完全无视了他的存在，她只看着章，仿佛章可爱得令她无法移开视线。她温柔地继续说道。

"如果你愿意协助我们，我们将回赠你以最高级别的礼物。尽可能地让你成为地上人类的统治者。"

"是说把睡眠壳运送到东京去的事吧！"

黑泽再次插嘴道。

"不可以！绝对不可以这么做！"

章怒吼道。

"我有条件！"

黑泽也吼道。

"我是带着条件来的，这是交易。我要宝石做回礼。"

女王似乎没能理解章和黑泽各自所处的立场，她默不作声地站在原地。

"我知道左森那老头的宝石是从哪里来的。就是你们在地下城市挖出来的被称为资源的矿石，我全都要。只要给我宝石，不管你们是要去东京还是德国，我都能满足你们。这就是我的条件。我三天之内就能完成你们的要求。"

黑泽一边说着，一边呆呆地盯着女王头上的王冠，上面镶嵌着一颗鹌鹑蛋大小、未经打磨过的红宝石。如果女王正是诞生于此地，那这宝石显然也是出自此地的某处。

"所以，你就是为了这些发光的玩具才威胁章，来到这里的吗？"

女王轻蔑地说道，从腰间掏出一把石头，仿佛丢骨头给狗一般，撒在了黑泽面前。

就连章都能看出来，那是一颗颗分量大约有数十克拉的钻石。黑泽跪在地上，拼命地捡着。

"这能换钱。只要你肯出钱，有钱能使鬼推磨。我有办法在警察的眼皮子底下，把睡眠壳运到东京去。"

他充满自信地笑了起来。

"你知道东京会变成什么样吗！"

章喊道。

"地下会开满了洞，地上的建筑物会被破坏，土地会像田地一样被翻来翻去！那东京的一千多万人该住到什么地方去啊！不仅如此，蚁人接下来还会看上其他的地方，他们无限繁殖下去，最后会占领整个日本啊！怎么能让这种事发生，我要保护东京！怎么能为了一己私欲，把东京给卖掉！"

"闭嘴，臭小子！"

黑泽的拳头突然砸在了章的脸上。

一拳打得章眼前一黑，脚下趔趄，但他还没有输。

章使出浑身的力气跳了起来，跳起的瞬间，拳头闪电般砸向黑泽的手臂，打飞了他手中的手枪。章一直在等待这个时机。

狂怒的章对着黑泽使出一个背负投，将他摔了出去。

然而黑泽也立刻爬了起来，双手紧紧地勒住了章的脖子，想掐死他。

章一个下外绊子①把黑泽放倒，但由于用力过猛，自己也跟着倒了下去。

被压在身下的黑泽发出痛苦的呻吟，可能是头撞到了石头。

———————————

① 柔道技巧，相当于扫腿。

就在此时，一个蚁人卫兵手持小刀靠近了过来，一下刺中了章的后背。

伴随着又麻又痛的感觉，章晕了过去。

## 人质

章突然睁开了眼睛，仿佛刚从混沌的黑暗中被唤醒。

有一个蚁人正蹲在他面前，往他嘴里喂他之前曾吃过的黑色药丸。

就是被这药救活的，多么厉害的药效啊！

他到底昏倒了多长时间呢。

女王和她手下的蚁人们还站在原地，始终注视着章。

黑泽倨傲地站在一旁，身上的衣服似乎在打斗的时候扯破了，恨恨地瞪着章。

"不好！在我昏过去的时候，黑泽一定已经和女王达成了协议！"

章这么想着。

蚁人用手势比画着让他站起来，指向出口。

章摇摇晃晃地站起身来，黑泽再次用手枪抵住了他的后背，指着他向前走。

他们再次从黑暗中被领到了洞穴的入口。

身后传来封填洞口的轻微声响，他们被留在了这片夜色之中。

"走吧，小子。"

"你不对我开枪吗？"

"你运气真好，我跟女王约好了不杀你。"黑泽咋舌道，"我会把你关到我完成工作为止，你要是再反抗，我就让你再也站不起来。"

拐过数道弯之后，面前是一辆灭了灯的车子。

"上来。"

"你要带我去哪里啊。"

"问什么问，上来，把嘴闭上。"

车开了起来。章忽然意识到是在开往东京。街道微微泛着白，笔直地向南边伸延出去。

忽然，黑泽瞪着眼睛咒骂了一声。

"混账家伙，居然设了检查！"

灯笼的光在前方移动着。四个，五个。是警察在盘查过路人。

"小子，你给我好好装作什么都不知道的样子。除了你的名字，别的都不许说！"

黑泽左手握枪抵在章的侧腰，右手握着方向盘，缓慢地朝着灯笼的方向开过去。

## 黑泽的藏身处

两三个人透过车窗看向车内。

"从哪里来的？"

"从碓冰峠来的，要把这个人送去东京……"

黑泽微笑着回答道。

"车子里什么也没装呢。"

"正如您所见。"

"你知道蚁人的睡眠壳这种东西吗？"

"不，完全没听说过呢。"

"我们就是为了不让这个东西被送去东京才在这里设检的。非常抱歉，请下车让我们检查一下。"

"大哥，这个人是春岛久太郎先生家的少爷啊。"

黑泽慌忙说道。

"春岛？那个春岛章吗？报纸上登的那个？"

"所言极是。没错，这个人就是章。"

看来警察们都看过章的相关新闻，黑泽松了口气，露出了笑容。

"你辛苦了，开夜路不容易啊，请注意安全。"

"就不检查了吧？"

"没问题，请离开吧。"

黑泽得意扬扬地发动了车子的引擎。

车子再次跑了起来。灯笼可怜的光在身后越变越小，最终消失在了视线外。

章非常不甘心，但运气这一次站在了坏人那边。

车子逐渐加速，从高崎到熊谷，再到大宫，他们穿过了一个又一个安静的城镇。车子开进东京时正是夜色将明的时分。

送牛奶和送报纸的人与他们擦肩而过，但谁也没有发现车子里的两个人，不如说就算看见了，也不会有人觉得奇怪吧。

车子开过杂司谷墓地寂寥的土墙，在一栋古旧的楼前停了下来。

踩着嘎吱嘎吱响的楼梯到达小房间，有两个形迹可疑的男人正等在那里。

"是黑泽先生吗？"

"没错就是我，久等了。"

黑泽一边说着，一边用下巴向章示意进房间里来。

"事情怎么样了？"

"再顺利不过了。我把这家伙当人质弄来了。"

"要怎么处理这家伙？"

"先交给你们，这家伙算是我们的护身符。话说回来，你们准备得怎么样了？"

"没问题，随时都能出发。不过我们有钱给那些家伙吗？"

"看看这个。"

黑泽从口袋中掏出一颗钻石，所有人都紧紧盯着这颗闪闪发光的石头。


## 挑战

在医院的某个房间里，春岛青着脸陷入了沉思。

"鬼塚先生，我怎么可能会让章一个人去东京啊……"

"可是警卫那边报告说凌晨两点左右，在去东京的车子上看到了章。虽然还有一位司机，但两个人完全没有可疑的地方……"

站在春岛身边的鬼塚警官说道。章昨晚失踪后，医院这边便乱作一团。

春岛夫人太担心章了，连路人都看不下去她那紧张的样子，春岛先生虽然安慰了她，但她实在是坐立不安，只好拜托鬼塚警官进行全面的搜索。

然而已知的情报太少，只知道章是被什么人绑架了。

到底是什么人绑架了章？

春岛应该没有得罪过任何人。难道说这背后藏着更大的阴谋？章难道是被当作人质抓走了？警察的直觉告诉鬼塚警官，将要发生不好的事了。

"先等等看吧，春岛先生。"

"啊？"

"章现在大概是安全的。如果他是被绑架的，那不久之后犯人一定会提出条件。"

"条件？"

"是的。如果他是被绑架，那犯人一定有什么目的，先听听犯人会提什么条件。当然，搜索还是会继续。你们先联系电话局，如果犯人给你们打电话，就查一下电话所在的地址。"

不知道是幸还是不幸，鬼塚警官的话音还未落，护士就跑了进来。

"春岛先生，有您的电话，是东京打来的。"


"哦，是你啊。你儿子在我们手上。"

一个低沉的声音如此说道。

"你……你说什么！章他！你……你是谁！"

"我叫黑泽。"

"黑泽？！原来是你！你……你就是那个杀了左森的……"

"没错。我光躲着可什么也干不了。"

"你……你……是什么时候绑架的章！"

春岛的声音颤抖了起来。

"随便你怎么猜吧。在这之前，我有事跟你商量。"

"你……你要说什么！"

"听好了啊，你的举动可关系着你儿子的命呢。最后回到你身边的是你儿子呢，还是骨头，都看你了。"

"你……"

"春岛先生，其实昨天晚上我让你儿子给我带路，去见了蚁人的女王。"

"开什么玩笑！"

"喂，我可是很认真的，你给我好好听着啊。昨晚上我们说好了，睡眠壳，就是那个圆圆的石头，他们让我把这玩意儿送到东京去。"

"……"

"看来你很紧张嘛。我要是带着什么奇怪的东西，可就没法顺利到东京了。这里就轮到你出场了，你去摆平那些警察，让我们能安全地把东西送来东京。"

"我办不到！"

春岛大喊道。

这时，鬼塚警官悄悄地来到了春岛身边。

"从电话局调查到，对方用的是新宿那边的公用电话。我们派人往那儿去了，你尽可能拖延一点时间。"

然而此时已经晚了。

察觉到危险的黑泽，加快了语速。

"细节等我们见面再说。明天正午，到东京新宿一家叫博内的咖啡馆来。我再提醒你一下，章可是在我手里。如果我出了什么事，你明白的吧……"

然后电话突然被挂断了。春岛回过头来，茫然地看着鬼塚警官。

"章要被杀了！还让我去商量这么骇人听闻的事情……鬼塚警官！"

## 正午的对决

第二天，鬼塚警官所联系的警视厅搜查二班，紧急包围了博内咖啡馆。

另一边，警察们靠着四处打听，开始搜索章被绑架的下落。然而到了约定的时间，也没能找到任何线索。终于到了黑泽声称会出现的时间，春岛在鬼塚警官的陪同下坐进了博内咖啡馆的里间。

"黑泽会出现吗？"

"我认为他会直接来，因为他手中握着我们的弱点。如果我们贸然出手，他什么事都能干得出来。"

"难道就只能这么任由他摆弄了？"

"只能这样了。既然关系到运送睡眠壳的事情，那现在最好静观其变，而且这样一来，章也会比较安全。"

"可是这样是不是太被动了！"

"我们想了很多对策。你看着吧。虽说是要睁只眼闭只眼，但也不会就这么放他走。"

正如警官所说，博内咖啡馆附近充满了紧张的气氛。店员，环卫工人，路人，全都是警视厅派来的警察装扮的。就连咖啡馆里的男服务生，都变成了有着鹰般锐利眼神的警察！

十二点！

男服务生以眼神示意鬼塚警官，接着两个男人走了进来。

其中一个，是个看起来像流氓地痞的年轻人，运动服的领子立着，脸上有一个大疤。看来这是黑泽的打手。

另一个人慢悠悠地向春岛他们走来，然后坐在了他们面前。春岛下意识地屏住了呼吸。

"你是黑泽？"

警官问道。

这时，穿着运动服的男人从领口偷偷地看向他们三个人。

"啊！那张脸！"

春岛惊得跳了起来。他看到了一个出乎意料的人。太意外了。没想到居然会在这种地方见到这个人。

发着愣的春岛好像彻底放下了心，仿佛接受了什么事情一样缓缓地坐了回去。

穿着运动服的男人一副满不在乎的神情，坐在了角落的座位上，抽起了烟。

黑泽似乎没有留意到这一瞬间所发生的事。

"鬼塚先生，劳您大驾。"

黑泽笑嘻嘻地朝一旁的鬼塚警官搭话道。

"您应该很清楚情况了，就麻烦您啦。"

"那么，照你说的话去做，你确定能把章安全地还回来吧？"

"章到底在哪里！要是那孩子受了什么苦，我绝对不放过你……！"

"您不必担心啊春岛先生，我跟人有约在先，完全没对章做过任何事。"

黑泽嬉皮笑脸地说道。

"你和谁约好了……"

"蚁人的女王。好像是叫纳塔吧，那个怪物好像非常中意春岛先生的儿子啊。她好像对您儿子非常亲切呢。我把您儿子当作人质带走的时候，她一定要我答应绝不伤害他。您儿子可真幸运啊。"

"可是你的计划要是失败了……"

"那就另当别论了，约定也好人质也好不都没意义了吗？"

黑泽的态度突然冷了下来。接着他又对鬼塚警官说道。

"我们赶紧说交易的事吧。后天晚上我会跟我的同伴一起去碰冰峠，在那里接手纳塔的睡眠壳，然后用卡车运回来。希望你们在这三个小时间解除检查。"

"——你要把睡眠壳放到什么地方？"

"这我可不知道。睡眠壳到了东京以后会怎么样，就不是我要管的事了。你们警察要把睡眠壳找出来也和我无关。总之我是为了报酬才接下运送这活儿的，是生意啊，生意。"

"但是，蚁人的睡眠壳被带到市内后会发生什么事，你知道的吧。"

警官提醒道。

"你想想你这不要脸的行为，究竟会让一千万的市民遭多少罪。整个东京的土地都将被翻一遍啊。"

"我很忙的，可没空听你说教啊警官先生。"

"——好吧，就照你的话办。"

鬼塚警官苦涩地说道。

"但是黑泽，警察可不会袖手旁观。一定会在约定的时间到来之前，找到章把他救出来的。"

"没用的。后天晚上就拜托你们啦。"

黑泽这么说着。

"喂，阿三，我们走了。"

穿着运动服的打手听见，点了点头。两人从博内咖啡馆走了出去。对决结束了。面对敌人完全一筹莫展。

"鬼塚警官！"

"总之，春岛先生，你先冷静一点。好歹我们确保了章的安全啊。"

"要跟着他们吗！警察们……"

"这就交给我们吧！没问题的。"

警官安慰他道。春岛的眼前忽然浮现出了刚才那个穿着运动服的男人的脸，然后深深地叹了口气。


## 可疑的阿三

这里是杂司谷墓地的附近，一栋古旧楼房的房间内——

被黑泽的一个手下看守着的章，烦躁地眺望着格子窗外面的景色。

远远地能看见新宿闹市区。父亲今天在那里见黑泽，并且自己的命运也将在那里决定。

这么一想，章完全坐不住了。

日头偏西的时候，门突然被粗暴地打开了，走进来的黑泽脑袋上全是汗。

"呼……可恶的警察，居然跟踪我……花了半天时间才甩掉他们！"

他看着章，一边说着一边坐在了章的身边。

"小子，看来事情的发展完全如我所愿了啊。"

"什么！"

"后天晚上你跟我一起坐卡车去运睡眠壳。如果一切顺利，我就放你走。"

"你们这么做最后只会被警察抓住！"

章满脸通红地叫道。

"嘿嘿嘿，有你这个人质在这里，你看他们敢不敢随便出手！"

黑泽对他身后的穿运动服的男人说道。

"喂，阿三，后天晚上你来开卡车啊。"

"你去找搬东西的人来。接下来在警察查到这里之前，我还有事要做。"

然后黑泽留下阿三和另一个手下，离开了。

在这之后发生了奇妙的事情。

阿三装作在看守章的样子，偷偷观察着另一个人，趁那人不备以眼神向章示意。

然而，章仿佛也在回应他一般，闭上一只眼轻轻地笑了。坏人的手下与这个少年之间究竟藏着什么样的秘密呢……

## 消失的睡眠壳

到了第三天晚上。

一辆大型卡车穿过沉睡的街道，向着碓冰峠驶去。转过数道弯后，车前灯熄灭了。他们等在那里。确认时间，然后暗号，最后——

远方亮起煤石灯般刺目的光，灯光闪烁了两三次后消失了。

作为回应，车中亮起了手电筒的光，几番明灭后，坐在卡车驾驶室里的章看见树木之间浮现出了青白色的影子，有五六个，逐渐向他们靠近过来。

是幽灵，是那晚的怪物。但现在他已经清楚地知道了他们是什么。是蚁人！

怪物们来到了卡车前。

木乃伊一样的脑袋上举着什么东西——圆形的球——一定就是睡眠壳。黑泽打了个手势，从卡车后面下来五六个人，他们将圆球接过来。仿佛事先进行过数次预演一般，他们谁都没有说一句话，交易就这么瞬间完成了。

卡车掉头，沿着来时的路返了回去。

坐在驾驶室的黑泽紧抿着嘴唇，看着前方。但凡从路边跳出一个警察，这个小子就会立刻没命！

黑泽的杀气连章也感受到了。章颤抖了起来。正在此时，不可思议的事情发生了。

握着方向盘的阿三斜视着黑泽，手缓缓伸进口袋，仿佛在摸烟盒，他突然抓住了口袋里的东西，然后把这东西对准了黑泽。

"啊，阿三！你要干什么！"

黑泽被吓得目瞪口呆，怒吼道。

"干什么……当然是让你老老实实听话了。"

"把……把手枪收起来！你居然背叛我！"

"我可从没有要背叛你啊。"

阿三一边说着，一边给车子减速，伸手摸自己的脸，然后乱蓬蓬的假发和脸上的疤都消失了，露出来的是青年侦探凤俊介俊朗的脸。

"也……也就是说，阿三是你假扮的吗……"

黑泽震惊得瞪大了眼睛。

"啊哈哈哈……阿三一周前去了我的事务所，我就让他休息了。五花大绑哦。章！把这家伙的手枪抢下来！"

"OK！"

章迅速地夺走了手枪。

"小子，你是知情的吗！"

"没错！章被抓以后一直跟我有联系。我们两个人商量好了，等你把睡眠壳搬上卡车，就把你跟睡眠壳一网打尽。"

黑泽恨得直跺脚。

"你们到底……想把我怎么样！"

"高崎那边应该有临时调配来的警察在等着了！在此之前，还是先不要告诉后面的人为好，啊哈哈……"

凤十分开心地透过窗户看向后面的装载箱，接着啊的一声叫了出来。到底怎么回事！本该坐在那里的男人一个也不见了！而且连睡眠壳也全部消失不见！

"啊啊！"

"凤先生，你怎么了？发生什么事了吗？"

"章，这到底发生什么事了！你看！"

章回过头去看。

"啊！睡眠壳消失了！"

凤铁青了脸，猛地停下了车子。

四周非常黑。

但并不是他看错了。

凤绕到车子的后面，打开装载箱的门。本该在上面的男人们和睡眠壳，完全失去了踪影！

凤和章都感到毛骨悚然。此时，被手枪指着的黑泽神秘地笑了起来。

"是……是你设计好的吗！"

章大喊道。

"哇哈哈哈哈！"

黑泽得意扬扬地大笑起来。

这时，凤仿佛察觉到了什么，抬头看向天空。

"章，你听这声音，是直升机。"

他说道。

"原来如此，原来是这样！糟糕了，居然还准备了直升机，跟在卡车的后面，就等着从卡车换到直升机上去吗！"

"哇哈哈哈哈！没错！这个卡车的驾驶室里有一个按钮，以备不时之需，只要按下去就会亮起信号灯，灯亮以后空中的直升机就会降下来，用绳子把装载箱整个吊走。哇哈哈哈……智者千虑，必有一失啊，侦探先生。"

"可恶，为什么我没有注意到直升机的声音！说起来，这辆卡车的发动机声音大得离谱……是为了盖住螺旋桨的声音吗。"

"哈哈哈哈，现在你们准备怎么办？就算去追直升机也没用了。还是说你们准备向我投降，一起来分蚁人的宝石呢？哈哈哈哈……"

"你给我闭嘴，黑泽！上车！"

暴怒的凤大吼道。

"怎么办啊，凤先生。"

"没办法，先到高崎把这家伙交给警察。然后紧急联系航空自卫队，在直升机到达东京之前，不管用什么办法也要把它拦下……"

听完他的话，章意识到肉眼无法看见的危机正直逼眼前。


## 大崩坏之日

章终于在高崎的警察局见到了父亲。

一旁的鬼塚警官和凤侦探正极不愉快地大声争论着什么。

"鬼塚警官，自卫队的飞机到底在磨蹭些什么啊？莫不是在打瞌睡吧？"

"电话占线，我也不知道啊。"

"算算时间，这会儿直升机已经到东京了啊。你们不仅没抓到人，甚至连找都找不到，警视厅难道还不够丢脸的吗？到底想怎么样啊！"

"市内的雷达一直没有发现类似直升机的东西，看来他们一直在东京的边缘进行低空飞行。但是凤啊，这节骨眼上我们再怎么气到跺脚，也改变不了我们只能原地等待消息这个事实。"

"可恶！要是今晚有月亮就好了，这么漆黑一片的夜晚……"

凤侦探仿佛要哭出来了。

"不过话说回来，这次我们搜查二班所有人都非常感谢你。"鬼塚警官安慰他道。

那么，坏人们带着睡眠壳乘坐着的直升机究竟飞去了哪里呢。黑泽在这里也设置了一个陷阱。

直升机飞到大宫附近的某个地方后，停在了等候在那里的另一辆卡车上。将装载的东西全部转移至卡车后，把方向改向了千叶，引着自卫队的飞机飞去了房总半岛。

黑泽这一手三连环计策，把自卫队、警察，以及假扮成阿三的凤侦探都绕了进去。

卡车若无其事地驶入了东京。

过了户田桥，贼人们顺着荒川堤坝行驶在河边。他们抱着一个个睡眠壳，将它们扑通扑通投进了荒川，然后若无其事地收工离开了。

宛如人类头颅大小的黑色球形睡眠壳，冒着泡，发出咕嘟咕嘟令人毛骨悚然的声音，一个接着一个沉入了河川的底部。

第二天，发生了不得了的事情。

在报纸市区版块的一个小角落里，报道了一条非常不起眼的消息，但这篇报道背后隐藏着重要的线索。

"志村火葬场烟囱突然倒塌。附近民居塌陷。"

原因是荒川附近的土地受之前台风的影响，土层松动了，而烟囱是因为老旧——报纸上这么写道。

看着这篇报道意识到问题的只有寥寥几人。

"凤先生，我们去现场看看吧，说不定……"

"你也这么想吗，章？不管是事故发生的地点还是时间都太巧了，确实有去调查一下的必要。"

虽然两人都因为昨夜的疲劳而双眼通红，但仍然坚持驾车前往了事故发生现场。

在看见留有明显挖掘痕迹的巨大塌陷时，两人默默地对视了一眼。

"果然是这样！"

"是蚁人啊，凤先生。"

"嗯，已经晚了。他们以此处为据点，一点一点把洞往市中心扩大，就像肺结核菌入侵肺部一样。"

接到章他们的汇报后，计划部门开始积极地拟制对策。

志村警察局动用非常手段，将荒川沿岸一带的人全部送往别处避难。

然而，面对这种突如其来的事件，所有人都一头雾水，因此避难疏散行动进行得十分缓慢，就在这两三天时间里，惨事再次发生。

这次非常严重。

以志村的中心城区为起点，往北的四个街道几乎全部发生了崩塌。

这一天正好是星期日，非常不巧地下着小雨，因此几乎所有人都待在家中。

十点半左右，地面响起了噼里啪啦碎裂的声音，孩子们发现路边的人行道上出现了大裂痕。小孩大吃一惊，想要告知父母这件事情的时候——

轰隆！

一声巨响之后，孩子的身影消失了。不仅如此，孩子的家和周围的道路，镇上数百所房屋，在一瞬间变成了瓦片和碎铁块！

人们甚至连呼喊声都没有来得及发出，就被压在了墙壁和碎石之下。

不少地方发生了火灾，火焰毫不客气地吞噬着这片凄惨而荒凉的土地。

在接下来的数日里，志村的繁华街到板桥附近的地区也发生了同样的事情。

伤亡人数已经统计不过来了，多到难以计数。

从各处拥来无数避难的人，他们都青着脸，浑身被烟熏得漆黑，只穿着逃出来时的衣服，排着一条条长队等待着被疏散。

## 天花板裂开了

"——也就是说，蚁人与我们人类是按照完全不同的进化系统，演变为今天的模样的。"

二百多人的目光，一齐集中在东大的柳原博士沉着的脸上。

立教大学的礼堂中，正在召开着紧急应对会议。

"大家都知道，我们人类，智人，在遥远的过去是从低等的灵长类进化而来。与猿猴和指猴的祖先，或者其他种类的猴子、类人猿在同一个时代，宛如树枝的枝丫一样，向着不同的方向进化，而演变为现在的情况。

"按照这种推论来说，距今大约六十万年前，应该正是被我们称作冰河期的时候，根据我们的推测，在这个时代因为某种原因，有一些种族开始生活到了地下。而至于原因，我们推断是为了躲避冰河期的酷寒。"

场馆内忽然一暗，大屏幕上出现了浑身是毛的耶提，也就是雪人。那正是之前在东大时，博士给章他们看的雪人照片。

"在常年的地下生活中，他们逐渐适应了地底的生存环境，于是到了二十世纪的今天，他们就以与人类相差甚远、类似于蚁类的外表，出现在了我们的面前。

"然而关于此事另有一个真相要告诉大家。根据春岛章的报告来看，我们只能判断蚁人是属于一种雪人，而其余一概不知，也没有探知的方法。但蚁人却对我们地上生活的人类，事无巨细一清二楚。"

"那么您的意思是说在智能上远超我们人类吗？"

其中一位学者提问道。

"他们让我们见识到了，他们在自然进化过程中发展而来的智力。但我不认为我们落后到了需要屈服于他们的程度。如果他们真的远超我们，那么此时地球应该早已被他们征服了。"

"但地下现在已经被他们占领了！"

另一个人喊道。

坐在一边旁听的章，不经意间抬头看向场馆的天花板，瞬间被吓到面无人色。

天花板的正中，正好就是柳原博士的头顶上方，裂开了几道缝。

而这些裂缝正以肉眼难以判断的速度，一点一点向四周扩大着。

"爸爸！你看那里！"

不等章说完。

"危险！大家快逃！"

春岛猛地站起来喊道。

被惊醒的人们瞬间变了脸色。四周响起此起彼伏的尖叫声，人群一股脑向出口拥去。挤在走廊上的人，仿佛多米诺骨牌一样从楼梯上往下拥。

凤俊介拉起呆住了的柳原博士，春岛一把抱起章，随着人群出了场馆，去往学校广场。

几乎是同时，混凝土搭建的礼堂发出震耳欲聋的轰响，像被压扁的纸箱一样倒下了。

相同的事情也在其他地方发生。章亲眼看着近在咫尺的 M 商场大楼从中裂成两半。

"春岛先生！继续留在这里会被火烧到！你看，火势已经到这里了……"

"到大马路上去！那边应该还好一些！"

四个人穿过哭喊着的人群，向外跑去。

"爸爸，死了那么多人！"

倒塌的商店外到处都是死状凄惨的顾客尸体，被黑色的浓烟无情地笼罩在内。

毫无幸存迹象的四人，终于与其他负伤者一同被救援队接上了卡车。目的地警视厅像被捅破的蜂窝，新闻记者将柳原博士团团围住。

"教授受了不小惊吓，你能不能让开！"

凤俊介忍无可忍地喊道。

从大群的记者那里得到的消息，惊得众人合不上嘴。情况真的非常糟糕。

"池袋到大塚好像全毁了。"

"我大概三十分钟前刚打车从那边路过，真是捡了条命啊，太吓人了！"

"看来距离全市沦陷已经不远了。不知道什么时候会波及银座和有乐町那边。"

"不知道啊……接下来的一个星期应该还不要紧吧。"

"一个星期！然后东京就完蛋了吗！啊啊啊我根本没有勇气把这种新闻报给报社啊，太可怕了！"

"警视厅是准备旁观然后见死不救吗！赶紧想点什么办法啊！"

也有像这样迁怒警察的人。

"我们一定会赌上全部守护东京的！"

首相如此宣言道。从这一天开始，东京进入了紧急戒备状态。

## 纳塔的使者

第三天，警视厅里传来了两桩事件报告。其中之一，是关押中的黑泽突然逃走了。

"你们到底在干什么！"

鬼塚警官的声音在听筒里炸了开来。

"真的非常不可思议，那家伙是被关在单人间的，水泥地上却开了个大洞！"

"你说大洞？"

"是！到底是怎么把硬得像石头一样的地面给打穿的，太不可思议了……"

"怎么可能是黑泽干的，是蚁人啊！蚁人帮助黑泽从地下逃走了！"

"蚁人！蚁……蚁人居……居然都到这里来了吗？！"

对方惊慌失措道。

"笨蛋！我怎么可能知道！——抱歉，失礼了，我马上就去你那边。"

鬼塚警官也吓坏了。

——蚁人帮了他！

黑泽这个浑蛋，想必现在正在地下的某个地方嘲笑我吧！鬼塚警官咬牙切齿地飞奔出去。

而这天夜里又发生了一件事。

面包店的小伙——名叫阿达的少年，在目白站附近抓到了蚁人。

幽灵飘忽的青白色光芒出现在黑暗中，胆大的阿达奋不顾身地捡起一旁的砖头向幽灵砸了过去。

"你这个浑蛋！！"

——大约是正中了目标，这一击之下幽灵的身体夸张地拉长了一节。仔细一看，倒在地上的蚁人，头部正喷出什么软乎乎的东西来。

在阿达的通知下，成年人立刻赶来了。

"阿达，你干了件了不起的事！"

"警视厅要给你发表彰了！"

有人这么夸奖道。

"会遭报应的吧。"

"你怎么把蚁人杀掉了，活捉不是更好。"

也有这么抱怨的人。其中有人忽然哇的一声叫了出来。

"这家伙好像在说什么！"

"是真的！嘴巴在动啊！喂，你们安静点，蚁人好像有什么事情要说，你们听听看。"

"liu……yuan……"

蚁人嘴里吐出几个字眼。

"liuyuan？谁啊？"

"喂，难道说是那个研究蚁人的东大博士，柳原博士吗？对了，肯定就是柳原博士！"

——就这样，蚁人被迅速地送去了东大理学部的研究室。

躺着的蚁人，嘴巴又动了起来。

"liu……yuan……"

"哦哦，我是柳原，我就是柳原。"

博士兴致勃勃地回答道。

"liu yuan……ting hao le……na ta……na ta yao dui dong jing 的人说……"

蚁人用虚弱、游离的声音说着。

"啊！他说不定是纳塔的使者！"

章走过来大声地说道。

"记得吗，我有说过，有的蚁人被教授过语言，就是像齐洛思那样的蚁人！"

——蚁人用毫无感情的声音，仿佛背书一般说了起来。

"非常遗憾地告知东京的各位，还有四天，我们的地下都市就将完成。

"我建议大家赶紧避难，迁往大阪或者京都。虽然我们总有一天也会将地下都市发展到那里，但在此之前，保证大家安然无恙。

"请不要做无谓的抗争。不管是毒气还是火药，对我们都毫无作用。相比做这些事，还是赶紧引导东京的市民避难吧！

"希望章一定要好好保重自己。纳塔最担心勇敢的你，心系着你的安危。"

蚁人话音一落，突然站了起来，猛地冲向房间角落摆着的火柴，迅速地点燃火柴，燃烧起自己的身体。

"啊！快拦住他！"

博士喊出声的时候已经迟了，蚁人眨眼间成了一团火球。很快便被烧成了灰，连骨头也没有剩下。

"糟糕！这是第二次失败了。没想到他居然会点火自焚……这可真是惊人！"

博士和春岛都瞠目结舌。总之，这个蚁人在目的达到后自杀了。

"这是第一次接收到来自纳塔明确的挑战吧。"

"说明她充满自信啊，不是说还剩四天吗？"

春岛担忧地说道。

"可没那么简单让她得逞。与其让我们听天由命，任由东京被那些家伙占领，那我们还不如主动出击呢。"

"对了。"沉思着的柳原博士忽然抬起头，"他们一定有什么弱点。他们刻意催促我们逃跑，以此来激怒我们，一定是为了隐藏这个弱点。比如说火，他们的身体就非常容易烧着。除此之外一定还有别的弱点。现在最要紧的就是调查这个！别无他法了。"

"可是只剩下四天了啊！"

章非常绝望。

## 栈桥对决

这里是横滨的码头——

栈桥一片混乱。一个戴着墨镜的尖脸男人，提着行李箱在人群中寻找着什么。

这时，一个外国人出现在了某艘船的甲板上，向那个男人打起暗号。戴着墨镜的男子会意一笑，向那艘船的舷梯走去。

这时——

一位青年从旁走出，挡在了墨镜男子的面前。

"哈哈哈……黑泽，你要去哪里呀，是香港吗？"

"……是你！"

戴着墨镜的黑泽庄造浑身一震，定在了原地。

"没错，就是我凤俊介。某天晚上被你耍得团团转啊，你以为我会就此一蹶不振了吗！啊哈哈哈哈……"

凤爽朗地笑着。

"我一直在追踪你。只要彻底调查你的心腹，你的同伙，很容易就能获得关于你的情报啊。

你一直都在香港。之前，你杀死左森之后就带着宝石远走香港了吧。

"你从某个同伴那里得知了这次蚁人的事，然后忘不了宝石的你就这么恬不知耻地又回到了东京。

"你一越狱，我就猜到你已经从蚁人那里得到了宝石，准备逃跑了。当然，前提是蚁人对你守信。

"你会出现在你同伴面前，而且还会让同伴帮你购买今天前往香港的船票。啊，你的同伴是谁呢？我把他带过来了哦。"

穿着私服的刑警带来一个垂头丧气的男人。这人居然是采石场的主人，原先的宝石商人殿町！

"殿町先生，你也真是不长教训的啊。之前明明被这个坏家伙摆过一道，亏你现在还愿意帮他。

"不，你最初来找我的时候或许确实没有想过要帮他。但随着蚁人的事越闹越大，你又对宝石起了贪念。这个时候黑泽给你寄了信，把你说动了。怎么样黑泽，我说得没错吧？

"让我看看你的行李箱，就算你能瞒过海关，但你可瞒不过比侦查犬鼻子还灵的我哦。"

话音一落，凤便冷不防地抢过他的行李箱，将其中装的东西倒在了地上。

里面装的东西乍一看是些陶瓷，落在地上摔碎之后，露出了里面藏着的一颗颗钻石。

一瞬间，黑泽的表情僵住了。他从胸前的口袋中掏出黑色的东西，瞄准了凤。这是被逼上绝路的坏人最后的挣扎！

"哼哼，喂，殿町，你背叛了我吧！侦探先生啊，我对你的直觉刮目相看了。我啊，特地留了心，想着这一次可不能再失误了，但没想到最后关头居然还是事与愿违。这次我也要让你知道，我黑泽可不是这么简单就会放弃的人！"

宝石被全部搜了出来，退路也被阻断，只剩下最后自暴自弃的挑战。不知道他会干出什么离谱的事情来。然而俊介向前一步走了过去，斩钉截铁地命令道。

"没用的，把武器放下！黑泽——"

"凤！对方不好对付啊，你小心！"

赶来的鬼塚警官大喊道。

"你就这么想被打中吗，呵呵呵……黄泉之路感谢有你陪我！"

黑泽的脸上浮现出嘲讽意味的笑容，然后大喊道。

"嘿——！"

气势很猛。俊介纵身一跃，咔嚓一声，黑泽手中的手枪被打落在地，下一个瞬间，他就像平蜘蛛①一样趴在了地上，不断呻吟着。是空手道的秘技！

但是坏人手里还有着最后一张王牌。

黑泽用尽全身力气，突然从裤子里抽出一把小刀，扔向俊介。

小刀正面刺入了俊介的胸口。

在大家还未回过神的时候，黑泽爬到了栈桥边缘，他弯了弯嘴角，跳进了海里。扑通一声。

"啊！"

"快把他救上来！"

---

① 日本历史上有名的茶釜，形状扁平。

两三个人追着黑泽跳下了水。俊介把插在胸口的小刀拔了出来，为了以防万一他事先穿了防弹衣，检查着防弹衣上的破口，他松了口气。

"喂！怎么样！"

"不行了，他头撞上了桩子，当场毙命。"

俊介隐隐约约地听见水中的人如此说道。

"黑泽，你这个可怜的家伙！"

他小声说道。

## 新的作战计划

"教授，您那边怎么样了？"

助手满是汗水的脸转向柳原博士。

"我这边还没有出现反应……腐蚀那边奏效了吗？"

"有是有，但太慢了。现在如此紧急，完全派不上用场。"

助手看上去非常失望。

他们已经不眠不休两天了。科学综合对策总部弥漫着疲倦和焦躁感。当然，一切都是为了找出能够杀死蚁人的化学药品。然而在这珍贵的两天时间里，蚁人的手已经伸向了新宿。

闪烁着霓虹灯的闹市区在一夜之间化为了混凝土的废墟。

蚁人在烧光了四谷后，将地穴往皇居的方向扩大而去。剩下的时间已经只有两天了。

"如果现在再找不出能够直接全灭蚁人的方法，就只能更换作战计划了。"

柳原博士的声音十分低落。

"可是这样一来，章就太可怜了。"

助手反对道。

另一个方法就是——

把章再一次送往地下，让他再见一次女王纳塔。

尽可能地想办法劝阻女王。如果不行，那至少要把女王杀掉。女王若死去，失去领导者的蚁人一定会方寸大乱，那么他们行进的脚步也会暂时停下。这边再在这个时间里，讨论出新的对策。

当然，没有人想过章还能安全返回地表。也就是说，章要从一开始就抱着牺牲的准备去完成任务。

但是没有人有勇气提及这件事。

"不行，不行！怎么能眼睁睁地看着人去死……"

这时，柳原博士的脑海中浮现出了一个想法。

"对了，如果让章带上特殊的信号发射器……见到女王的时候，将女王的位置告知地面，让地面上等候着的部队集中攻击那里……若是足够凑巧，说不定可以把从蚁人手下生还的章救出来。"


博士因为太过疲劳而睡了过去，迷迷糊糊的两三个小时里做了非常不舒服的梦，他痛苦地惊醒了过来。

——我居然被梦魇困住！

确实，这些年来博士从未被梦惊醒过。

"看来我被蚁人的事折腾得够呛啊……"

博士一边苦笑，一边洗了把脸。

——不过，到底梦到了什么？

人类只要一醒过来，就会立刻把刚刚梦见的内容忘得一干二净。不，应该说所有人都认为，正因为那是梦，所以才会被遗忘。

（但据说梦反应的是一个人的潜在意识，因此本人不应该不知道。）

事实上，有国家做过这样的实验。某个仆人被某个梦所魇住，叫醒以后不论怎么询问，都说记不得内容。为了得知梦境的内容，主人想尽办法恐吓，还拿钱诱惑，最后甚至怒吼道，如果你不想起来就杀掉你。仆人害怕被杀，拼命将昨夜梦到的事情全部想了起来。

——对了，好像是死了很多蚁人。是我把他们全杀了。我杀了蚁人！确实是我用什么方法把蚁人给杀死了！到底是什么方法？

是预知梦吗？还是说只是愿望反应在了梦中？不！博士确实清楚地看到自己在梦中，用某种武器把蚁人杀死了。

那个武器到底是什么？

——要是能想起来就好了！

……据说研究人员有时候会在梦中获得意想不到的启发。而柳原博士正是在梦中，清楚地看见了针对蚁人的武器。

——无论如何也要想起来！

博士一边敲打着自己的脑袋一边呢喃道。


## 章的冒险

"爸爸，我走了。"

章的声音比想象中更开朗。但这更令久太郎感到揪心。

这可能是最后一次见到儿子了，父亲和母亲心如刀割。

"夫人。"

鬼塚警官安慰道。

"章就交给我鬼塚吧，一定会保护他。"

如此说着的警官，脸上浮现出坚毅的决心。如果计划失败，他准备当场以死谢罪。

超小型的信号发射器装在章的鞋跟里。经过无数次的测试，性能完全没有问题。

章迈出了第一步。眼前凄凉的废墟，仿佛是通往地狱的道路。

脚步声一声又一声响起。

章默默地寻找着蚁人的洞穴入口。如果蚁人真的什么都能知道，那章要来的事情，女王应该已经知道了。

在这片宛如墓地一般的废墟中，章找到了那个好像就是专门为了迎接自己而开的竖坑洞口。

"我来了！"

章拼命克制住身体的颤抖，从入口钻了进去。

竖坑向左右扩开，内里深不见底。

突然间，蚁人那怪异的脸从一旁冒了出来，有两只。

"我要去女王那里。"

章紧张地说道。


"章，看到你安然无恙我很高兴。"

纳塔坐在床边迎接他道。脸如同面具一般没有表情，但声音却明显带着喜悦。

章吞了口唾沫，靠近过去。

"女王，这次我一定要跟你好好商量。"

"你要说的事情，我早就知道了。"

女王有些好笑地说道。

"被警视厅和学者们教唆来当使者，真是冷酷无情。"

"女王，你听我说。"

"你不就是想说让我不要再扩大地下城市的规模了吗？我也是不得已，市民在以一天几百的数量增加着。"

"那至少改变方针，往海边，伊豆方向扩展不行吗？"

"可是这一带的洪积层，真的非常适合挖隧道。"

"你不是担心我的安危，甚至派遣了使者来吗？我不相信像你这样的人，能理所当然地做这么残忍的事情。请你再考虑一下，与地上的人类友好相处吧！"

"呵呵呵呵……你不用操心这些大人们的事情。首先，你必须理解自己的未来才是最重要的。来，去里面吃点东西吧。不用跟我客气。"

纳塔既像姐姐又像母亲一样劝导着章，起身走在了前面。章瞪着她的背影，悄悄地用脚尖碰了碰另一只脚的鞋跟，信号发射器应该已经运作了。

这个时候，地面上的各个部门里，人们都围在信号接收器边静候着章的联络。

一小时、两小时过去了，紧张感达到了极限。

这时，接收器里开始传来了滋滋滋滋的奇怪杂音，到第三个小时的时候，杂音变得更大了。简直像是有人在故意干扰。

"可恶，哪里来的干扰啊！"

"这不就什么都听不清了吗！赶快找出原因！"

人们焦虑地等候着。然而接连不断的杂音令他们忍无可忍了。

"可恶！"

技术人员咋舌道，想要排除故障却完全找不出故障的原因，最后只好放弃了。

如此一来，章传来的信息没能被任何人听到。而章做梦也想不到会这样。

快点来人！

听到我传的消息，自卫队立刻就会赶来！

这样一想，章简直坐立不安，连坐在石灰岩的桌子边喋喋不休说着话的纳塔，都看起来毫无意义了。

然而不管怎么等，都没有等来地上军队的进攻。别说进攻了，在这深深的地穴中，就连地下水的声音都完全听不到。

"章，你在发什么呆呢。如果没什么事，就先吃东西吧。"

已经别无他法了，章这样想着，两只手伸进口袋，拉开了手榴弹的安全装置。

终于到了这个时候。是女王死——还是我死——

### 是胜利还是死

章以目光向鬼塚警官示意，面色苍白的警官向他点了点头。

"就是现在！"

两个人像风一样迅速站起来。

跑到房间的角落，同时将手榴弹瞄准女王的脸扔去。

"趴下！"

轰隆——！闪光，弥漫的硝烟。

"成功了！"

警官用沙哑的声音喊道。

章被爆炸产生的风和冲击惊到，一时之间忘记了呼吸。他小心地将视线转向餐桌，想象着女王死状凄惨的尸体倒在桌边的样子——

然而，女王还在，还活着，就坐在那里。

她很平静，甚至还浮现出些许微笑。

这是为什么。

两人甚至开始质疑自己的眼睛。

女王的身边没有硝烟！有什么看不见的东西挡住了爆炸，她周围的一片地方完全没有爆炸的痕迹。

对了！女王面前一定有一面特殊的玻璃墙壁，手榴弹砸在那面墙壁上爆炸了，一定是这样。

失败了！

"警官先生！"

"章，你快跑！后面就交给我来——"

章向出口冲去，然而咚的一声撞在了什么东西上，摔倒了。

这里也有看不见的墙壁！

中计了！

章捂着一抽一抽痛着的额头，尝试单手触摸这墙壁。

摸到了。

像玻璃或塑料一样冰冷的触感。前后左右，甚至连头上都有。

并不是什么非常危险的事，只不过像是被关在了透明的笼子里。

警官也是一头雾水的模样，站在那里瞪大了眼睛。纳塔用怜悯的目光注视着他们二人。

"难得想招待你一次，就这么泡汤了。"

她说着，转头向一旁的手下语速飞快地交代了些什么。手下行了一礼后，迅速地出去了。

"章，你现在明白了吧，反抗我们是多么无谋的行为。"

"……"

"我本不想将你囚禁起来，但事态发展至此，不得不这么做了。不过这个人类——"

纳塔说着，轻蔑地指着鬼塚警官。

"在我惩戒这个典型的蠢货时，我不希望你来妨碍。"

鬼塚警官狠狠地回瞪纳塔。

"你要对警官先生做什么啊！你——"

"呵呵呵呵，章，你要是害怕就不要看了。实验很快就会结束的。"

"实验？"

"我见识一下，我们的武器究竟会怎么杀死人类。

"哎呀，居然敢对我扔炸弹，我当然要惩罚这样的人类了。在你们的世界里不也是这个道理吗？呵呵呵……"

"警官先生！"

章煞白着脸大喊道。

"没办法了，我早有思想准备。章，你一定要活下来，想办法把我的事汇报给地面。"

鬼塚警官沉重地回答道，扑通一声盘腿坐下。

不愧是九州男人，警视厅的第一魔鬼警官。即使到了最后，也决不痛哭求饶，毫不胆怯地迎接着即将到来的死亡。

纳塔的手下回来了，手中拿着某种像瓶子一样的容器。

纳塔接过来，仔细地查看了一下。容器里装着灰色的粉末。

"把这个撒在生物身上，就会像海绵一样把水分给吸走。两三分钟后，那个生物就会变成干巴巴的木乃伊。"

纳塔非常自然地说着令人毛骨悚然的事情，向警官走了过去。

## 看不见的武器

同时，地面上——

章完全没有消息传来，人们被不安和焦躁所笼罩，精神变得异常亢奋。

全副武装的自卫队，有两大队的人始终守在废墟之中。一辆小轿车一路扬着沙尘驶来，在废墟前停下了。柳原博士从东大研究室里赶来了。从车中钻出的博士胡子拉碴，看上去十分憔悴。春岛久太郎和凤侦探匆忙迎上去，搀扶着博士坐进了作战总部的帐篷。

"春岛先生，不，凤，一个好消息。我……我终于，想出了能够征服蚁人的方法。"

"什么！"

"只要有这个东西，一定能战胜蚁人——现在东大正在大量制造，到时候请全部分发给自卫队。"

"到……到底是……什么东西？"

凤边咳边问道。

"就是这个。小心一点，动作太大会把这东西给吹起来。"

说着，博士从衣服内侧口袋里掏出一个小瓶子，将里面的东西取出放在显微镜的载物台上。是白色的粉末。

神奇的是，蚁人女王对人类使用的武器也是粉末。而此时博士所说的必定可以战胜蚁人的东西，同样是粉末。当然，肯定不是同一种粉末，只是这偶然十分神奇。

不知道谁的粉末会先发挥出威力，将对方打倒。

凤俊介看了眼显微镜，啊的一声叫了出来。

"教授，这是——霉菌吧！"

"不是霉菌。"

"能看到孢子，不管怎么看这都是——非常低等的孢子植物啊……"

"这是寄生菌。"

"什么？"

"是那种寄生在虫子或小动物体内，吸取宿主体液进行繁殖的东西。"

"您是说，要把这东西放在蚁人身上吗？让这东西寄生他们！"

"没错，凤。"

博士自信地点了点头。

"我认为只要蚁人还是生物的一种，就一定有天敌存在。但不管怎么说，我对他们的肉体进行详细的研究，并没能发现他们身体上的弱点。所以只能从他们至今为止的生活习性和分布范围进行间接的调查，从中收集无数的资料和记录进行研究。然后我发现他们绝不居住在潮湿的地带，他们的身体干燥到火一点就能燃烧，土地如果过于潮湿，身体似乎会出现异常。

"你们看这张地图，这是蚁人在东京市区内的分布图。看了这张图就能发现，他们选择的地点都非常巧妙地避开了潮湿地带和沼泽地。

"我还调查了一下海岸线的地质情况，然后发现，他们的坑道只会挖到相对不那么潮湿的地区。"

"原来如此！"

春岛的眼中亮起了希望的光。

"也就是说，蚁人并不打算占领东京全域，对吗？"

"没错，他们对土地有要求。

"这使我想到了运用寄生菌。我调查了一下寄生菌的繁殖，与土地的湿润程度，以及与蚁人的行动之间有何种关系。

"结果在这张表上。这个湿润程度是最适合寄生菌繁殖的，而蚁人似乎最不喜欢这样的土地。"

"柳原博士！这可是了不得的发现啊！"

春岛兴奋得手舞足蹈。

"把菌埋进土里，如果这时候再下雨就完美了！"

凤抬起头看向天空说道。

"要下雨的。"

"什么？！什么时候下？"

"气象台报道说今晚开始要下一阵雨。这真是老天帮大忙了。我真是从没想过梅雨会对我们这么有用……总之就这么决定了，必须在今明两天把这件事办好。"

"就这么办！这是我们最后的王牌了！"

春岛说着，咚地敲了一下桌子。

"话说回来，章还没有消息吗？"

柳原博士刚一问出口，就意识到自己问了一个不好的问题。
等到现在也没有报告，这简直就像是在说章已经死了一样。

"我想着，至少要打倒蚁人，然后把章的尸骨找回来。"

春岛用低沉的声音说道。没有人能接他的话。


## 生气的鬼塚警官

"请等一等！！"

章尖叫道。纳塔正准备将死亡粉末倒在鬼塚警官身上。

"章，你最好暂时把眼睛闭上。"

纳塔冷冷地说道。

"请放过警官吧！只要你饶了他，你让我干什么都行！真的
干什么都行！留警官一命吧！"

"章你在胡说什么！"

鬼塚警官怒吼道。

"我不需要你替我求饶！如果你也是男人，应该能够理解
我，让我平静地死吧！不要就这么向这怪物屈服啊！"

"警官先生，我不是为了你才说的，我是为了我自己。"

"你说什么？"

"女王一直在保护我，所以我也想为女王出一份力。地面军
队的事我也想全告诉她，况且不管怎么说，东京也已经被蚁人

占领了。"

"啊，章，你是疯了吗?!"

"女王，你看，我鞋子里装着能与地面联系的信号发射器。"

章无视气到发狂的鬼塚警官，将自己的鞋子脱了下来。

如果这时警官能够再冷静一些观察章的眼睛，就会明白他真正的意图了。因为这时的章眼中闪烁着坚毅的光芒，他下定了决心，要对敌人演一场一生只有一次的大戏。

## 章的计划

"女王，你看，这就是藏着信号发射器的鞋子!"

章的目光闪烁着，把鞋子递给纳塔看。

如同他所预期，纳塔一脸得意。

"无线电吗? 我知道哦，从一开始就知道了。"

她回答道。

"所以我们对它进行了干扰，让地面无法接收到你的信号。我们这边可是有非常优秀的技术人员哦。"

章点了点头，终于明白了为什么无法与地面取得联系。

蚁人到底是有多谨慎啊!

在地下生存的人，为什么能这么清楚地上发生的事情啊。

但章有他的主意。

他准备将计就计。

把鞋子交给纳塔，她就会放松警惕，不再进行信号干扰。

等她松懈的时候再想办法把信号发射器拿回来，赶紧与地面取得联系。

让纳塔露出破绽！

这么想着，章按捺下内心的不快，努力装作屈服于纳塔的模样。

"把那东西拿出来。"

纳塔向手下命令道。她的手下拿出一根细长的，宛如钩子一般的长棍，将它伸向章看不见的牢笼中。

非常神奇的是，长棍的前端顺利地伸进了牢笼里，看来这个牢笼有一个只有他们才能看得见的窗户。

章把鞋子挂在棍子上，钩子缩了回去，将鞋子送到纳塔手中。

"好精巧的发射器。"

纳塔客套地夸奖道。

"女王，地面上的人准备通过这个把我们的所在位置设为攻击目标。"

章露出一副仿佛做了坏事一般的惭愧表情。

鬼塚警官气愤难平地狠狠瞪向章。他的行为更加让纳塔放松了警惕。

"很好，我就饶你们两人一命。章，你到这里来。"

女王命令道。


## 磁力显像机

"可是这里不是有墙吗，我过不去。"

"呵呵呵，我已经把墙撤走了哦。"

章伸手在眼前摸了摸，吃了一惊，确实已经什么都没有了。

"警官就这么待在这里吧，章，你过来。"

女王拿着鞋子，站起身，先从房间里走了出去。章瞄了警官一眼，跟在了女王身后。

现在只剩下章和女王两个人了，但女王的动作还透着警觉，看来并没有完全相信章。

两人顺着黑暗的道路继续向下走去，过了一会儿，来到了一个亮着青白色光的洞口。

迎面摆着一个形状奇怪的机器，机器的对面是一堵看上去十分光滑的白墙。女王摆弄了一下那个机器，忽然亮起了青白色的光，白色的墙壁上出现了巨大的影像。是令人怀念的，地面上的景色。

"这是电视吧！"

"不，并不是那么简单的东西。这是不需要摄像头也不需要信号传输机的磁力成像。想看什么地方，只要把频道对应调整，捕捉到那个地方空气中的磁波，就能把画面传输到这里。"

看到这个机器，章终于意识到无线电设备与其相比简直就是儿童的玩具。蚁人的科技发达程度令他毛骨悚然。

画面上正好映出了自卫队守着的地方，但一字排开的坦克和机枪此刻却无法令人心生安慰。天上还在下雨，就更令人觉得情绪低落了。

"我忠告过柳原博士了，他在哪里呢？"

"大学的研究室吧。"

"他不在研究室里哦，肯定在什么地方打着什么坏主意……不过下雨的时候可没法找。"

纳塔皱起了眉。

"你讨厌下雨吗？"

"地上的人类不也讨厌湿乎乎的感觉吗？"

她说着，突然露出了笑容。

"你看，正好到了破坏的时间。"

章将视线转回画面。

看着画面，他啊的一声叫了出来。地面无声地裂开，坦克群和自卫队员一瞬间便被大地吞没了。

非常凄惨的一瞬间。只是眨眼间，原本平整的地面就成了全是碎石的废墟。

纳塔在这段时间里始终盯着章，似乎想要从章的表情中读出他心中所想。章茫然地看着那段画面，然后又恢复了冷静的模样，但他的内心充满了不甘，几乎要哭出来。


## 纳塔的病

雨下了一整晚，直到第二天也没有停下的迹象。

自卫队和科学家们都成了落汤鸡，但所有人的脸上布满了希望。

今早，那个白色粉末——被命名为"柳原·×"的秘密武器，已经撒在了地面上。

最快明天早上，最慢明天傍晚，寄生菌的孢子就会沾到身处地下的蚁人身上。

"春岛先生，终于到了这个时候了。"

柳原博士为了不引人耳目，戴着自卫队的铁头盔，如此说道。

"是啊，希望一切都能顺利……"

"我有信心，这就是终局了。再不会让蚁人在地表作乱……"

这时，一位技术人员上气不接下气地跑了过来。

"博……士……无线电信号的干扰，停了！"

"什么？"

"之前一直接收不到稳定的信号，但现在简直就像是雨过天晴云开雾散，干扰全没了。这样一来就能清楚收到章的消息了！不知道这到底是怎么一回事。"

"——那现在怎么样了？"

"唉，现在还没有什么消息……但是，我们不打算放弃希望。"

"嗯，请继续努力。"

"好的。有消息我会再来报告。"

技术人员穿过雨帘跑了回去。


纳塔的身体出现变化，是第二天之后的事情。

从章的角度来看，她明显没了精神，话也变少了，即便如此她还是语速极快地应对着蚁人们的报告，下达指令。而这次蚁人带来的报告，连章都察觉到是很严重的事情。

蚁人们喋喋不休地说着什么，还做着各种手势和动作，仿佛在向女王求助，看起来事情并不简单。

其间纳塔曾只身离开过一次，将章单独留在这里。纳塔回来后，章追问她去了哪里，她只说自己去探望受伤的手下。但章从她的脸上能看出，事情肯定不止如此。

即使是这样，纳塔也不曾露出松懈的姿态。那个无线电信号发射器应该就在纳塔的桌子里，但章一直没有机会去确认。

他也非常在意鬼塚警官现在的情况。仿佛置身于尺寸刚好的牢笼中一般，进退两难。

然而机会来了——

纳塔变虚弱了！

"你怎么了？生病了吗？"

章询问道。

"不，我只是有点累了……章，我的身体要是像你一样强壮就好了。"

她如此回答道。有时候她会瘫坐在自己的椅子上，好几个小时都一动不动。

齐洛思走了进来。章已经很久没有见到这位年长的蚁人了。

"纳塔大人身体不适……你不要待在这里。到外面去。"

"没关系，齐洛思。章，留在我身边。"

纳塔阻止了他。

"但是，若这小子对虚弱的纳塔大人做出什么失礼的举动……"

齐洛思抱怨道。

"我先出去一下，稍后再来探望您。"

章跟齐洛思一起走了出去。

"女王到底怎么了？生了什么病？"

齐洛思面无表情回答道。

"不知道。恶性传染病吧。原因似乎是这场雨——以及土壤性质，现在正在调查。"

"传染病？那也就是说其他人也感染了？"

齐洛思意识到自己说了多余的话，板起了脸。

"女王的状态，很糟糕吗？"

"事情很严重。"

齐洛思说道。

"占领东京的下令权只在纳塔大人手中，因此确切的攻占日程只能往后延了。"

说着，他以锐利的目光瞟了章一眼。

"如果纳塔大人发生什么意外——意外去世，那你也就没命了。你是被纳塔大人特别赦免，才活到现在的。"

他如此说道。

过了两天，章被关在了别的房间里，没能再见到纳塔。又过了一天，纳塔的手下前来转告章，希望他前去探望。

章走进纳塔的房间时，纳塔下令让所有的手下都从房间离开。纳塔非常憔悴，身体的颜色看上去像被煮熟的豌豆，但她依然非常美丽。

"非常抱歉让你看见我这个样子，但如果今天不见你，齐洛思肯定又不让我见你了……"

她无力地笑了笑。

"我什么忙也帮不上……"

章如此说道。

"我的手下死了两千七百人。死因是寄生菌。不管我们怎么强行提高文明程度，只有对这东西一直束手无策。"

纳塔看上去很痛苦。

"……好冷……"

"啊？"

"章，拜托你了，请让我把头靠在你的膝盖上。让我感觉暖和一些好吗？拜托你了，章。"

章有些犹豫，但还是照她说的做了，让她枕着自己的膝盖。纳塔的头非常轻，好像只是在腿上放了一个足球一样。

她开始犯困，打起了瞌睡。

"就是现在！"

桌子就在眼前。无线电信号发射器应该就在那里面。趁现在应该能把它找出来，与地面取得联系。

章向桌子伸出手。

## 必将返回地上

章的手心布满了冷汗。

纳塔躺在他的膝盖上睡着了，如果此时她睁开眼睛……或者齐洛思在这时进来，他知道自己就彻底完蛋了。

吱啦。

抽屉打开了。章僵着身体，伸手在抽屉里摸索着。

找到了！

手指碰到了装有小型无线电信号发射器的鞋子。

他小心翼翼地将鞋子拿了出来，心脏扑通扑通快速地跳着。

——赶紧发信息！

他几乎是下意识地用手指按着上面的按键。

——这次一定要与地面联系上！

他长长地呼出一口气，力气仿佛一瞬间从紧绷的身体里抽走了。能做的事情已经都做了。现在唯一挂心的就是鬼塚警官的安危。地面部队啊，快点来，快点！

突然，他察觉到了人的气息。

他将视线转向入口，然后僵住了。

齐洛思带着两三个手下站在那里，冷冷地看着章。

蚁人手下拿着像手枪一样的武器。

章突然抱住纳塔像足球一般的头，挡在自己面前。纳塔的身体虽然很娇小，但也足以遮挡住章了。

齐洛思和他的手下们都吃了一惊。

"纳塔大人——"

齐洛思呻吟道。

"把武器都放下！放下，然后出去！"

为了牵制住他们，章大喊道。

蚁人们茫然地定在原地，一动也没有动。

章做出要掐住纳塔脖子的动作，齐洛思只好放弃了继续僵持，向手下下达了什么命令。

蚁人们一边警戒着章，一边退到了房间的入口。

"把武器留下！"

章意气高昂地喊道。蚁人们一出房间，他便迅速地捡起地上的手枪。

"好，接下来就是防守战了。我要占领这个房间，与他们战斗到地上部队赶来！"

章盘腿坐在了女王的桌子上。纳塔似乎失去了意识，宛如煮熟豌豆一般的身体仍由章摆弄着。她的性命现在非常宝贵，如果她死了，那人质就没有意义了。

"我可不想白死，我要活下去。我还想呼吸地面上的空气，在此之前我决不会死！"

章感觉自己身体中的血仿佛在燃烧。

时间稍前一些，地面上爆发出胜利的欢呼。

蚁人的尸体接二连三地被从废墟中挖掘出来。有的身体还维持着正常的模样，有的全身像海绵一样膨胀起来，从身体里飞出白色的粉末。如同冬虫夏草一般，被寄生的凄惨尸体。

"哎呀！这里也有二三十只！"

正在挖掘的自卫队员突然大喊道。

"每一个都跟阿岩夫人① 一样，模样变得好可怕！"

"可是啊，怎么说呢，感觉这样一枪都没开，就以这种方式获得了胜利，总觉得好像缺了点什么。"

"开什么玩笑。要不是寄生菌，现在就算是开几千几万枪，也拦不住银座、日比谷被整个掀掉啊。你这个不懂感恩的家伙！"

"哈哈哈哈哈……"

甚至都能听见这样的笑声了。虽然此时雨仍旧没有停下，但大家的脸已经雨过天晴。

然而此时，还有人待在作战总部的帐篷里，正咬紧了嘴唇发着呆——

是以为痛失爱子的春岛久太郎。

——妻子拼命阻拦过，但那孩子也是血气方刚。支持他的人好像是我——

春岛非常悔恨，要是这个作战计划能提前两三天该多好。

---

① 出自四谷怪谈，系有名的厉鬼，生前被毁容。

蚁人的全灭或许能够慰藉章的在天之灵。

就在这时，凤俊介居然兴奋到跳了起来。

"春岛先生！无线电——"

"什么！无线电！"

"是信号！有信号传来了！"

"啊，是章传来的吗？！"

"现在还无法确定是章还是鬼塚先生，但刚才无线电小组的人说已经收到准确的信号了！"

"那……那信号是从哪里传来的？是哪里？"

"在西边距离这里三公里左右的地下，好像非常深。春岛先生！章他做到了！他终于做到了！"

凤高兴得手舞足蹈，手脚都不听使唤了。

"马上到那个地方去！"

"现在已经有一个中队去了，正在进行挖掘工作。春岛先生，十有八九，章可以活着回来了！"


## 地下的战斗

十分钟后，两人乘坐小轿车赶往竖洞现场。

那是个形状接近四谷见附①的，平缓的倾斜面。这里曾经有一座高大的电视塔，但现在已经完全化作瓦砾碎石堆起的小山。竖穴黑漆漆的洞口在那里等着他们两人。工程队操纵着起重机，轰隆轰隆地进行着挖掘。

————————

① 见附，位于城堡外郭，为警戒及监视外敌入侵、攻击而设立的城门。

"好像发现了横向洞穴。似乎靠近地下城市中枢部，横穴的规模很大。"

工作队的一人以电话联系了竖穴底部，如此报告道。

"春岛先生，要下去看看吗？"

"好。"

两人戴上头盔，顺着绳梯爬了下去。鼻腔中充满了泥土的气息，和某种不明生物的气味。

向下爬了大约二十多米，看到了横向的洞穴。

"第二小队，前去侦察。"

"等等，我也去。"

"不行，太危险了，那些家伙还在里面徘徊着。"

"可是章还在里面呢。"

春岛最终还是加入了打头阵的队伍。

所有人都戴着防毒面具，手里拿着喷火器和自动手枪。

"队长，我有一个请求。"

"春岛先生，你说。"

"我想用扩音器告诉章，我来这里了。我带着便携式麦克风。"

"好的。正好也能威慑那些家伙。"

春岛握紧了麦克风，开始大喊。

"章！章！是爸爸！"

扩音器的声音清晰地在寂静的洞穴中回响。

"爸爸来了！你要坚持住！我们马上就去你那里！柳原博士也在上面看着呢！"

就在这时，黑暗中冷不防地冲出了两三只蚁人，用类似手枪一样的武器攻击了他们。

乓！

乓！

刹那间一名队员倒下了。

"散开！喷火器拿出来！"

是队长的声音。轰的一声响，眼前燃起了赤红的火焰。

出其不意的攻击成功将蚁人化为火球，倒在了地上。

深处传来数十只蚁人逃离的脚步声。

"别让他们跑了！他们准备封墙逃跑！把他们留住，全杀掉！"

自动手枪迸发出火星。

队员们小跑着追了上去。春岛紧随其后。突然从旁跳出一个手持小刀的蚁人。

春岛的肩上传来一阵麻痹般的疼痛。但他的身体经过常年登山的锻炼十分结实，他用力拧着对方的身体。蚁人的身体发出仿佛纸箱被踩碎一般的声音，然后被折成了两节。

春岛向蚁人刚才跳出来的洞口里望去，啊的一声叫了出来。

是鬼塚警官。

春岛不禁冲过去抱住了他。然后他发现自己的手上沾满了血。警官已经死了。

他战斗到用尽了最后一分力气吧。成堆的蚁人死在一旁，大约有六七只。而警官握着一只被折断的蚁人手臂，断了气。

"你是一位勇敢的人！"

春岛向警官行了注目礼。

外面传来轰的一声巨响，似乎是喷火器的火焰烧着了蚁人的什么设施。

若不是戴着防毒面具，此时已经被浓烟放倒了。但是章！如果他还活着，可没有防毒面具！

## 纳塔的友情

春岛通过麦克风扩大的声音传到了章的耳朵里。

"啊，是爸爸！"

他喜不自禁，下意识地就想要往出口跑去。但齐洛思他们肯定还守在门口。

章回过头看向倒在地上的纳塔。纳塔应该活不久了。如果她死了，激动的蚁人便会蜂拥而至，那干脆由我亲自将她——

救援到了，但他们能发现这个房间吗？

章非常不安，他握着手枪，猛地打开了房间的门。

打开了！

啊！

他被眼前的景象惊呆了。

墙壁！

是石灰。齐洛思他们将章和纳塔封死在了这个房间中。

活埋！

最后关头居然发生了这样的事。这样一来就算是父亲，应该也无法发现章的所在了。

就算现在开始挖这堵墙，也不知道它到底有多厚。

章又气又急，悲伤几乎将他吞没。

这时，他听到了一个声音。

"啊……章……章……"

是纳塔的声音。

章摇摇晃晃地走过去，俯视着她。

"章……在……在桌子的下面……有地道……"

纳塔伸出纤细的手臂，指向桌子。

"你可以……从那逃走……章……你要活下来……活着……逃回地面……"

"纳塔！你要放我走吗？"

章吃惊地问道。

"你……非常勇敢……你应该……幸福地活下去……但……但是，请不要……忘记我……"

纳塔说着，露出了虚弱的笑容。

章试着移动桌子。桌子下露出了能够容纳一人的洞穴。他跳了进去。

"纳塔，谢谢你！"

洞穴拐了个弯，向前方延伸出去。他匍匐着前进着。

忽然一个裹着白布的熟悉身影出现在了他的面前。是齐洛思！

"你这个浑蛋！"

章趁其不备突然出手，将齐洛思打倒在地。接着他瞄准准备爬起来的齐洛思，开了一枪。

子弹射了出去。齐洛思呻吟着，渐渐不动了。

这时，他发现一侧的墙壁上透出了淡淡的红光。

是火。

火已经烧到了这里。

章颤抖着奔跑了起来。蚁人，纳塔，齐洛思，全都被吞没在了火中。

但是，我要活下去。要活着回到地上。向地面的方向跑。

到这里，即使作者不继续写下去，想必大家也已经能够想象出这个事件的结果了吧。

当然，章最后获救了。他逃生的洞穴虽然与春岛进来的洞不是同一个，但也通往一个出口。

章在春岛、母亲，还有凤的迎接下，呼吸到了地面新鲜的空气。

蚁人在火和寄生菌的威力下，还没有等到自卫队开始攻击，就全灭了。

在那之后，一个月后的今天，生活的气息再次从废墟之中升起。到处建着临时的简易房屋，东京的新兴城区正在诞生。

东京或许还会再现过去的辉煌繁荣。但这次事件的根本原因，在于更深层次的问题——只是表面上繁荣，却没有完善的城市计划。

如果再不展开完美的都市建设蓝图，那么东京，不，日本，将再次陷入同样的大灾难之中。或是大地震，或是台风，或是再次被蚁人这样的外敌所破坏……

蚁人族并没有被全灭。

或许他们仍然被称为雪人，生活在喜马拉雅山脉的深处。

* 《蚁人境》最初刊载于小学馆《中学生之友　一年级》《中学生之友　二年级》，1958 年 4 月号—1959 年 7 月号连载。

# 羽翼与星尘

## 1

定男的哥哥有些奇怪。他吃饭的时候，有种特别的手法。像捞金鱼一样，用筷子快速夹起来，着急地放进嘴里。咀嚼的时候是绝对不会张开嘴的，而且会慢慢地嚼。之所以这样做，好像是因为在无重力下，吃的东西会跟随着呼气喷出去——定男的哥哥是宇宙飞船的宇航员，所以养成了这个习惯。

哥哥大部分的时间都在天空飞行，有时候回家时，会笑嘻嘻地叫定男，这个时候多半是带回来了很棒的礼物。

"定男，不是有抓住云的故事嘛，我真的抓住云（kumo）了。"

"别开玩笑了，在天空中浮着的云朵，怎么可能抓住……"

"不不，我是真的抓到了，看，带来送给你啦。"

定男有些害怕地凝视哥哥拿出来的试管。

"可能会飞出来的，小心点，还活着呢。"

"咦，活着？"

——试管底部，有些像垃圾一样的东西。

"什么啊，是蜘蛛那个 kumo 啊 ①。"

"是啊，这家伙能在平流层的上面，把尾部用蜘蛛丝做成降落伞连接上，天空上悬浮着很多，这是蜘蛛的一种，围着地球转了好几圈呢。"

"这样啊，蜘蛛在我们之前很早就登上太空了！"

像这样，哥哥有的时候会戏弄定男，更多的时候则是带来很棒的礼物。

然而有一天，礼物却引发了不得了的事情。

仿佛彩色玻璃碎片一样的星星布满了如黑漆一般的太空，这里是飞船从地面通往第 33 号人造卫星的定期航线。有马作为一级宇航员，一边在操作室坐着，一边体验着无重力层特有的那种会向底部沉下去的奇妙感觉。

突然，有马惊讶地注意到了眼前的三台观测显示器中的一台，那里显示，飞船减压门的外侧粘上了一些奇妙的东西。

有马急忙穿上飞行服，走出飞船，在那里发现了像鸟的羽翼一样形状的棉絮一样的东西，他小心翼翼地碰了一下，很轻柔，软绵绵的。

"——这会是什么呢？该不会是'天使之发'之类的吧？"想到这里，操作员有马心里就很激动，轻轻地抱住它，带回到飞船里。

天使之发是一种未知的物质，极其罕见的，会从天空中散落到地上的各个地方。就在最近，在小田原附近，有新闻报道

——————————

① 日语里的"蜘蛛"和"云"发音相同，都是"kumo"。

说像雪一样降落，在落下的一瞬间就消失了，至于它的全貌，则尚未被人知晓[1]。

"如果真是天使之发的话，这可是了不起的礼物，不只是定男弟弟，就连学者们也会惊呼的。"

有马把它放到通信筒里，慎重地盖好。

几个小时之后，在机场的宇航员休息室，有马和来迎接自己的定男一起仔细观察这未知的物质。

"马上报告给上面比较好，等这个融化了就晚了。"正当定男这样说着的时候，两人的耳边传来了女人的声音。

"喂，喂，请把这个还给我。"女人的声音说道。

两人惊讶地回头看，却没有看到人。

"喂，喂，请把这个羽翼还给我。"

微弱又轻柔的声音在说道。

"是谁，在哪儿呢？"哥哥有马大叫着。

"这里太亮了，我的身影你们看不到吧？"那个声音回答道。

"是透明人吗？"定男有些害怕了，这时，好像对方隐隐约约地微笑了。

"不是的，我们是人类的朋友，但不是人类。"

"你简直是在出题考我们，"定男带着戏谑问道，"那，你是天使吗？"

"也有这样称呼我们的，也有称呼我的伙伴们为妖精的。"

"别开玩笑了，出来吧你，一会儿天使一会儿妖精的，太荒

----

[1] 实际上就是前文所说的乘风迁徙的蜘蛛丝落在地面。

唐了。"

有马已经厌烦地开始咂嘴了。

"嗯，现在我们基本上不在地球上了，其实在地球不这么热闹的时候，我们是在地球生存的，那个羽翼是我的，不小心就挂在飞船上了，羽翼的配给是半年才发放一次的，旧的羽翼会回收回去，没有它我真的很麻烦，很麻烦。"

"我不相信你说的，说这些荒唐无稽的话没有用。这个天使之发是我捡到的，如果你想要的话，先让我看到你，再提出你的要求。"有马粗鲁地大叫着。

"那这样吧，请到机场的南端来，在那里拜会你们。"说完这句话，声音就一下子中断了。

有马跟定男面面相觑，沉默了一会儿。

"这是谁的恶作剧吧，叫腹语术的那种。"

"哥哥，我有点在意这件事，我们去机场的边上看看吧。"

夜晚的风吹拂着脸颊，两个人走在昏暗的机场跑道上，看着月光下的草坪，让人觉得有些恐怖。那里站着一个穿着蓝色空姐制服的女性。

没想到会是这样，能够亲眼看到，两人呆呆地看着这个站立的蓝白色人影，吓得一动也不敢动。那个人影很像是年轻的女孩子（说是很像，其实是那种就像被烟雾包围的玻璃工艺品一样的，感觉很朦胧，看得并不是很清楚），定男从没见过这么美丽的人。

"惊讶吗你们，我这样的形态？"姑娘这样说道。

"不是，只是有点不知所措，说起来，你的身影为什么这么模糊呢？"有马问道。

"现在的人们，如果是没有用理论解释清楚的事情，就不太容易相信呢。"她微笑着说，"组成我们身体的物质的分子结合得比较粗糙，也就是说，我们是半气体的生物，这样你们是否能够明白一些了？"

定男还没有厘清头绪，哥哥有马已经频繁点头，并挖苦道：

"原来如此，你们还挺像科学家的啊，是最近才成为天使的吧？"

"我必须要回去了，我没有取得许可就降落到地上，被发现的话，会被处以第三类流浪罪，像这样在这里，监督员也许会发现的，拜托你了，请把羽翼交给我。"她的态度无比认真。

与哥哥面面相觑之后，定男突然觉得她十分可怜，用手肘轻轻推了哥哥有马一下，哥哥显然很不情愿，把装着羽翼的通信筒取了出来。

就在那时，她的态度突然变了，就像人类的脸色变了一样。

"快点把通信筒盖上！快点把它藏起来！"

"干吗啊，一下子说还给你，一下子说藏起来，你真的反复无常。"

"监督员来找我了，快一点，拜托你了。"她催促道。

这时，定男发现天空远处，有一朵像碎云一样的东西迅速地降落下来。

定男被吓得目瞪口呆，张大着嘴仰望那朵云，它像甜甜圈一样扩大成一个圆圈，像生物一样落下。

"快点，请快点把羽翼藏起来！"女声叫喊着，定男也回过神来了。

"我们该怎么办，哥哥？"

"先跑再说，对，跑到那道金属网的外面。"

哥哥也有些慌乱，定男抱着装着羽翼的通信筒，弯下腰，像兔子一样快跑起来，越过机场金属网制的栅栏，到了停车场。幸运的是，那里正好停着一辆出租车，两人滚进车内，发出很大的声响，司机大叔吓得睁圆了双眼。

"随便去哪儿都行，开起来。"

"客人您说笑了。"

"快点开车吧，目的地待会儿再定。"

有马松了一口气，透过车窗向上看天空，玻璃反光有些看不清，甜甜圈云好像已经降到近在咫尺的地方了。它还在扩大，像是要把这车也覆盖上。

"加速！"

出租车在柏油路上以 70 公里的时速狂奔着。

"哥哥，云朵要追上我们了。"

定男的脸色已经变了，那不是云，是某个不知它本来面目的怪物。定男在梦里体验过这种恐惧，他开始祈祷噩梦快点结束。

"真是的，那个女人怎么样了？"就在哥哥嘀咕的时候，旁边传来了女人的声音。

"我在这里。"

两人看向座位的角落，吃惊地发现，那里有一团模糊的蓝白色的光蜷缩着。

四方形的火箭基地就像绿色的画布铺在地面上一样，而延伸到周围的高速公路就像白色胶带。

定男他们乘坐的出租车就在胶带一般的高速公路上急速

飞奔。

突然，有东西被一下子从车里抛出来，是装着羽翼的通信筒。其实并不是为了扔掉它，而是因为害怕被那恐怖的云朵抓住，所以才迅速地把它藏到横贯过道路下方的水渠里面去。

出租车还是像什么都没发生一样向前开，行动成功了。果然连那云朵也没有发现，继续前进着。定男他们想，等云朵散开了再去悄悄地把它取回来。

然而，水渠里面全都是水，通信筒漂浮在水面上，被卷入隧道口，就那样消失了。

隧道里恶臭并且一片漆黑，稻草屑、木屑齿、碎纸片、空烟盒等等都在隧道里沉沉浮浮。通信筒也随着它们一起慢慢漂流着。

"妈妈，妈妈，有个有趣的东西漂过来了，我好想要，里面装着什么呢，我好想吃呢。"小老鼠唧唧地叫着。

老鼠妈妈抽动了一下胡子，说道："不行，那一定是最新型的捕鼠器，我们努力逃到这里，好不容易生存下来，人类竟然还在追捕我们，真是恐怖的生物啊。"

老鼠母女没有伸爪，静静地目送通信筒漂走。

出了隧道，水渠的周围有些脏乱的城镇，这时筒突然撞上了一根长长的杆子，桥上有个男孩子握着长杆，他旁边是一个长着圆溜溜的大眼睛的女孩子，正吃惊地看着通信筒。


2


从机场出发，通过高速公路，可以直达中心城区，这个设计被人们交口称赞。不过,这是为了外国游客的通行专门建造的。

但是,请仔细看一下,那雪白道路两侧都是整洁而精致的建筑物。这些建筑物既没有内部也没有实体,像电影布景一样,只有表面。

而且,与表面不同,背后的城镇是昏暗且潮湿的,低矮房檐的房子密密麻麻地排列在一起,表面那些时髦的建筑,就是为了掩盖这座城镇而建的。

和夫和真由美就出生在这座城镇的角落里,他们在这座城镇的蓝色建筑上学,通过从朋友那里借来的绘本,知晓了那些需要仰望的高楼、红蓝相间的霓虹灯、打扮干练的人们,还有——只要沿着高速公路一直前行,就可以马上看到这些。

"好想去那里啊。""好想去看看呢。"两人一直这样想着。

不过,居住在这座城镇里的人是不允许走上高速公路的,所以也没有人去过中心城区。

"尽量不要让从外国来的游客看到你们,因为你们跟我们科学城市的形象不符。"上面的人是这样向城镇的人传达的,尽管这些规则或命令并没有被公示出来。

小桥上面露出的两张脸,正是和夫跟真由美在探出头看着这褐色的小河。

"那是什么呢?""是哪个工厂扔掉的东西吧。"

通信筒像小船一样嗖的一下漂流过来,和夫用杆子戳了戳,有白色的发光的东西跟通信筒一起快速旋转起来,好像是在跟两人说:"请捡起我吧。"

　　和夫是五年级的学生，真由美是今年入学的一年级学生。

　　每天早上，和夫兄妹起床的时候，父亲和母亲就已经不在家了，等待着他们的只有两个便当。

　　父亲在人造卫星的材料工厂工作，而母亲在合成食品工厂工作。父母工作到傍晚才会回来，兄妹二人就一直在学校玩耍消磨时间。一家人的会面，是从晚饭大家坐在餐桌前开始的。

　　这是和夫和真由美一天当中最高兴的时刻。不过，今天父亲不知道为什么有些落寞，和夫也受到影响，有些无精打采。

　　"近期吧，其实已经传开了，工厂要从美国购进全自动的生产机器，也就是说，要用机器人生产了。"父亲一边咚咚地敲着自己的颈部，一边跟母亲说道。

　　"是听阿铁说的吧？"

　　"机器人那东西来了的话，总之，只需要二十分之一的人就能完成现在的生产任务，厂报是这么写的。工会准备向空工委（太空工会委员会）拜托，组织工人运动。不管怎样，不影响生产效率，性能够用就行了，可是，怎么能忍受我们人类用心制造的产品输给那些大量生产的、不值钱的东西，至少在这点上，空工委会争取的。"

　　"工会也不好做呢。"

　　"一不小心，就会以人事变动的名义给派到月球开拓基地去，这些人真的很可怜啊。"

　　"亲爱的，你要在工厂待到真由美毕业啊。"

　　"知道了。"

　　和夫吃完饭，就跟真由美一起，假装学习，爬到阁楼上自己的房间里。

今天他们在小河里捡到的通信筒就藏在那里，和夫还是愁眉苦脸，轻轻地打开了盖子。

"会爆炸吧？"

"别吓唬我啦。"

里面的东西轻轻地飘了出来，展现在两人眼前的，是仿佛获得自由的喜悦一般，尽情伸展开的，纯白色的、像羽翼一样的东西。它就这样在和夫和真由美面前轻飘飘地展开了。

和夫伸长了脖子，咽了一下口水，真由美也用足以把人抓疼的力气抓住哥哥的手臂。但是，他们的心情与其说是恐惧，不如说就像被母亲拥抱一样，令人怀念而期待。

和夫伸出手轻轻地去碰触羽翼，是软绵绵的绒毛的手感。

——像鸽子一样。

——是活的吗？

——好奇怪啊，好像很安静，不像活物，感觉像是羽毛做成的衣服。

两个人小声交流了一会儿，和夫胆子也大了起来，用双手去抱住了羽翼。

未曾想到的事情发生了，真由美吃惊地睁大了眼睛，显得眼睛更圆了。


"我在承受失重状态。"这是第一个登上太空的宇航员加加林从人造卫星中向地面传达的话。

和夫突然之间想起了这句话，因为他感觉到自己变成了失重状态。

失重状态是什么？

就是没有地球引力的感觉。在地球上所有的东西都受引力的作用，就连天空中飞翔的小鸟，不管怎样轻盈地飘浮在空中，也会受到引力的作用。但是，人类也会体验到没有引力的感受，当电梯急速落下的时候，会有些不一样的感受吧？人类从高空落下时，也是这种感觉，就是无法区分上下的，好像向没有尽头的地方一直落下去的感觉。这就是失重状态的感觉。和夫从老师那里学到过。

和夫从抱住羽翼的一瞬间起就变成了失重状态，他的重力变为零，腿和身体都飘浮起来了。

等他回过神来，已经在空中了。

就像喝了苏打汽水时大脑嗡的一下似的，和夫已经从窗户飞了出来。

他看了看上边，看了看旁边，又看了看前边后边。无论上下前后左右，全都被模模糊糊的蓝黑色的雾气笼罩着。

接下来，和夫从紧紧抱住的羽翼的空隙往下看，吃惊到起了一身鸡皮疙瘩。下面就像艺术品上的花纹，无限延伸的霓虹灯像光的大海，高楼像闪闪发光的水晶塔，大道像银河一样。他飘浮到了大城市的上方。

晚风凉凉地吹过，和夫开始耳鸣，耳朵里疼了起来。

——救救我啊！

和夫想叫出来，但是，一想到谁都不会听到，就作罢了。

——如果不快点降落，不快点回到家，掉下去就完了。如果落到那银河般的城区里，更是死定了。和夫的脑中一下子冒出很多想法交杂在一起。

不过，过了五分钟，和夫就渐渐地冷静下来了。怀抱着的羽翼比想象中要结实得多。而且很不可思议的是，虽然飘浮了很长时间，他却一点也不疲劳，大概是因为身体变成了无重力状态。感觉自己就像顺风飘浮的烟雾一样。

和夫用力伸了下腿，羽翼就很自然地向前飞，那发光闪耀的水晶塔一下子向和夫迎来。

"不好了，妈妈，哥哥他，他从窗户飞出去了！"眼睛滴溜溜转着的真由美跑向楼下的房间。

母亲正在整理四个便当盒，忙得不可开交。

"还没做好呢，现在过来会受伤的，听话哈，再着急也要好好从正门出去呀。"

"不是的，哥哥飘浮在空中，就那样飘出去了。"

"好了好了，那样的游戏先别玩了，快点去睡觉吧，妈妈现在很忙。"

母亲完全没有把自己的话当回事，真由美有些着急。

"山星天空塔"——

和夫从天空中飞近的闪耀的水晶塔，上面装饰的霓虹灯写了五个大字。在建筑顶端附近的大厅内，有位长得很像寺庙门口的石狮子像的中年男性，他看到飞过的和夫，目瞪口呆，扑通一下坐到如棉花糖一般软绵绵的椅子上。

"啊，那是什么？"

"是奇怪的宣传吧。"瘦弱的、长得像稻荷狐狸塑像一样的部下说道。

"那不是玩偶，是真正的小孩子啊。小孩子在飞啊！川原，你快点把他的身份、去向都给我查出来。"

被称作川原的狐狸先生点头行礼，马上从放着大约二十台电话的桌子上拿起一个话筒，不管怎样，把命令快速传达下去了。

和夫放心了。

因为羽翼完全听和夫的话，就像了解主人心情的小马驹一样。

"喂，下去吧，得去告诉真由美。"

和夫嘀咕道，这时羽翼一下就把他从中央街道带回到自己居住的城镇，降落了。

"红外摄像机捕捉到了吗？"

"捕捉到了。"

"放大孩子的脸部图像。"

"属下正在做！"

"马上跟城镇里的孩子们的脸部照片对照。他的去向呢？"

"这边有警察确认过的报告。"

石狮子先生的十几个部下已经聚集在他旁边了。

"知道他的身份之后，就去偷偷带他回来，要友善，多给他些好吃的，再给些零花钱，这样能获得现在的孩子的信任。"

"要不要刊登在我们公司的报纸上？"

"不行，不行，要先问问那孩子事由，是用什么方法飞起来的，然后再考虑报道这码事。"

石狮子先生怒吼着，狐狸塑像先生又开始点头行礼了。

之后的第二天，对和夫和真由美来说是非常忙碌的一天。

早上起来之后，两人先把枕头旁准备好的饭盒放到书包里，然后手拉着手去上学，和夫的另一只手仔细地抱着装有羽翼的通信筒。

蓝学校的蓝色校园坐落在和夫居住的城镇的正中央。在这座大都市里，无论哪里的学校都分为三种：白学校建在中心城区，公务员及富人的孩子在那里上学，只要能上白学校，无论智商多低都能上大学，成绩单也是用钱就可以修改的。所以班上的孩子成绩全都排名第一。红学校建在郊外气候凉爽的山丘上，技术人员及宇航员的孩子在那里上学，接受特别的教育，从这里毕业的孩子大概都会飞向太空。最后是蓝学校，剩下的孩子在这里上学，他们的父母在工厂或者商店工作，农民的孩子也在这里，各种各样的孩子都有，皮肤黝黑的孩子；没有替换的衣服、直接穿着掉了纽扣的衣服来上学的孩子；神情严肃、紧闭双唇，看起来很聪明的孩子。各种各样的脸庞，像排列整齐的西瓜一样填满了蓝色教学楼的蓝色窗户。

和夫和真由美就在校园里，和夫正在轮流把羽翼借给排成一列的朋友们。

"不行的，不能握那么紧，羽翼会被抓乱的，脚不能踢到地面，突然飞上去的话，会眩晕的，拿着，试试吧。"

和夫像滑雪教练一样，手把手教着轮到的孩子。

那孩子体验了一下升到空中，快速转圈，降落下来。

"笨蛋，你太小心翼翼了，快点轮下一个吧。"

"我这个过来人告诉你，不好好跟他学的话，会受伤的。"

队列的后面有些嘈杂的声音。

"你们这是在做什么？"

老师十分吃惊地跑过来了。

"润吉，那是什么？"

老师向其中一个孩子问道。

名叫润吉的孩子有些紧张地揉了揉自己的鼻子，回答道：

"那是羽翼，是和夫捡来的。"

"捡来的？"

"是的，是哪个工厂制造的东西被扔掉了吧？"

"这样的东西，怎么可能有工厂制造得出来。老师也是第一次看到，借给老师看一下吧。"

老师接过来仔细端详了一会儿。

"真是不可思议的东西啊，感觉不是化学纤维。"

——对了，我看过的书上写的"天使之发"就是这个吧。

"有时会从空中降落下来，好像不会融化的棉花糖一样，未知的物质，跟天使之发很像啊。"

——孩子们在想，大人们为什么一下夸张地惊讶起来，一下子又变得愁眉苦脸了？所以都没怎么在意老师故作镇静的反应。

"我想把这个羽翼借给住在附近的邻居们。"

小润下课之后跟和夫说道。

"倒也可以。"

"吉田的奶奶已经七十岁了，还没见过中心城区，哪怕从天空看看也好。还有龙夫的姐姐，因为机器事故致残已经三年了，一直卧床，如果把她放在羽翼上，让她能够一直这样散步该多好。"

"好主意。"和夫说道。

"但是，那么多人，连续借下去，会不会就不知道借到谁那儿了？"

"我们两个做好顺序，再看管好，保证公平。"

"好的，明天就开始吧，不做计划表就来不及了。"

吉田的奶奶以蹲着观赏红叶的姿势，在空中完成了观赏。因为过于吃惊，听说在市政厅上面把假牙掉下来了。龙夫的姐姐好像变了个人似的，活泼了许多，下来的时候也是很有活力的样子。不管是谁，都想从天空看一看中心城区，和夫跟朋友们也十分热衷于把羽翼借给大家。然而，这一切都被停在附近的车里的人影注视着。睁大眼睛盯着他们的，就是长得像稻荷狐狸塑像的人。


"这太荒唐了。"

和夫的父亲像是发泄一样说道。

"在空中试试飘浮着飞一下，不管怎么说，也不是动动嘴皮子就能成的事情啊。"

"爸爸，你喝酒了吗？"

真由美有些吃惊地问道。

和夫和真由美向父亲说了羽翼的事情，并建议他也试一试。

然而，父亲的心情正是最糟糕的时候。工厂要从美国购入全自动化的制作机器，使用这种机器，就像甜甜圈烤好了之后传送过来那样，可以连续不断地生产，人造卫星的材料做好了就组装起来，从整备到检查的全部工序都可以由它一个来完成了，就像大型机器人一样，它来了就不需要人类了。因此工厂开始了人员调整，三十岁以上的工人全部要被强制安排辞退了。

"那阿铁呢？"

母亲问道。

"嗯，他也是。"

"喝酒去啦？"

"不是，他跟委员长去空工委了，想看看能不能停止引进这种机器。等安装完就来不及了，现在能做的事情，只有这个了。"

"真的没有什么办法了吗？"

真由美虽然听不太懂父亲说的话，但好像也明白父亲要被工厂辞退了。现在的确不是用羽翼玩耍的时候。和夫和真由美垂头丧气地带着羽翼去二楼了。

和夫叹了一口气，嘟囔道：

"想要去看中心城区，想要体验一下小鸟的感觉，像这种本来不能实现的想法现在都能实现了，但是在这个世界上，还有很多愿望是无论如何也实现不了的啊，真由美。"

真由美在心中轻抚羽翼，祈祷着。

"羽翼，羽翼，请帮帮我的爸爸，请帮帮我的爸爸！"

## 3

石狮子先生铁青着脸，他叼着的卷烟也是深蓝色的，桌上的内线电话也是深蓝色，天花板、墙壁还有门都是深蓝色，就连在他跟前行礼的狐狸塑像先生也脸色青紫。

房间里面的灯光同样是蓝色的，照明很柔和。

石狮子先生在思考事情的时候，总是按下蓝色的开关；想吃东西的时候，就按下粉色的开关；听到吵闹的谈话的时候，就按下红色的开关。按下之后，房间就会随他的喜好而改变颜色。他把这个叫作"氛围火鸡"。火鸡会根据周围的情况，扑棱扑棱地变换自己头冠的颜色。

总而言之，石狮子先生会根据工作的内容，改变房间的氛围，蓝色会让人静下心来。他就在一片深蓝里听取狐狸塑像先生的报告。

"唔，是说这座城镇的人，连续不断地去借这个羽翼，然后飞上天空？"

"是的，是这样的，最严重的是……"

"发起这件事情的是……是那天我们看到的那个孩子吗？"

"是的。"

"真是不像话的孩子啊。"

"您所言极是。"

"公共物品的所有权在市里，这是第一条；私人物品放到公共场合供大家使用时，需要市里的许可，这又是一条。根据这两条规定，这个羽翼，市政府是有权回收的。"

狐狸塑像先生点头行了个礼。

"好了，我考虑考虑，过后再联络你，你可以下去了。"

狐狸塑像先生以宛如叼着求来的签文的狐狸一样的姿势退下了。

石狮子先生按下了内线电话，传来了女秘书的声音。

"接下来的事项是，接见空工委代表和第四材料工厂的工会代表。"

"烦人的老鼠们啊，哎呀，好吧，让他们进来。"

石狮子先生叹了一口气，啪嚓一声按下红色的开关，房间一下子从蓝色变成了红色。

石狮子先生也换上阎王一样的气场，俯视着来访的三位代表。

"再来几次，你们才能明白啊？"

一位代表抬头看看石狮子先生，用冷静的声音说道：

"不管来拜访几次，也想让您听一听我们的想法。不过，希望您现在就能同意我们。形势已经刻不容缓了。"

"我们并不是反对引进自动制造机器。"

另一位代表也说道。

"现在的问题是，工厂安装上自动制造机器之后，就要辞退三千五百人，是这个问题。"

"这也没办法，之前应该就说过了。"

石狮子先生看着天花板说道。

"被辞退的人会怎么样呢？"

"我会适当考虑的。"

"是要流放到小行星去吗？"

第三位代表叫了出来。

"那里根本不是人类能去的地方，被迫派到那里的人，有多少已经因为孤独、过劳和化学气体死去了，大家是被你们赶到那里去的啊。"

——小行星是指比火星更遥远的许多小星球，那里没有空气也没有水，草木不生，因为有铀矿跟金矿，所以人会被派到那里挖矿。一开始还只是派犯人过去，最近也开始派普通人。

"让机器人去那种星球工作更合适吧？然后你也一起过去，

看看那里是怎样的情形！"

石狮子先生一边听着，嘴角一边抽动。

"这个男的，第一个就把他送到小行星去。这种事情，我一句话就能决定的。"他这样想。

五十五层的高楼"山星天空塔"矗立于大都市的正中央。

这里是石狮子先生的城堡。

除此之外，还有七座高楼、十二间酒店、四十八间俱乐部、六十四间剧院，还有棒球场、滑冰场和高尔夫球场，这些全都是石狮子先生的产业。

石狮子先生并没有做国家的部长，也没做省长或市长，他最讨厌这种头衔。一旦有了头衔，反而不能像现在这样随心所欲地办事。不过，以石狮子先生的身份，无论市长也好省长也好，都是对方主动先向他问好。这个城市的工厂，表面上所有权在市里，实际上都是石狮子先生在管理。

有很多工厂——太空食品制造厂、人造卫星建造组装厂、人造卫星零件厂、机器人工厂、机器人组装维修厂。

和夫的父亲就在人造卫星零件厂工作，但是一旦被辞退的话，就不知道会被派遣到哪里去了。虽然还能有生活保障，但是被派遣到月亮或者其他的星球去，这些事情也都是石狮子先生决定的。

仿佛在小人国生活的巨人格列佛一般，石狮子先生的只手掌握整个城市里所有人的命运。

和夫的父亲又叹了一口气，出门了。看着星星在蔚蓝色的天空中闪耀，他想，也许哪颗星星上就有人居住，如果有人类居住的话，星星也会像我这样被裁员，被抛弃吗？我到底在想什么？星星的世界，是不会有这么痛苦的事情的。

父亲突然有些想去星星的世界看看，一下子就想到了和夫拥有的羽翼。于是，他爬上阁楼，从熟睡的二人枕边轻轻地取走那个羽翼。

——就算不能去到星星上，用这个飞上天去，心情也会放松一些吧。

父亲试着把羽翼戴在身上，结果，出乎意料的事情发生了。

戴上它的一瞬间。

父亲脑子里令他烦躁的事情一下就消失了。

不只是这样。

令人吃惊的是，工厂的工序中不对的地方，也都显而易见地明白了。

——那样是白费力气的。

父亲的眼睛闪闪发光。

——那是可以削减的。

父亲好像获得重生一般。

——到现在为止，为什么用了那么多白费力气的方法啊，明明有更有效率、更方便实现的方法啊，我终于弄清楚了。

父亲感觉自己现在什么都可以做到。

——是啊，要马上告诉阿铁跟其他同事，也许可以让大家都体会到像我这样的感受。

——等一下，是拜这个羽翼所赐吗？这羽翼有这么不可思议的力量吗？

没有人能够让人类的大脑百分之百运作，例如，右撇子的人只用右手，大脑里关于运作左手的部分就被闲置了。如果能够使大脑全部运作，人类能做到的事情一定能让现在更美好。

羽翼大概是唤醒了大脑沉睡的部分吧。

接下来的那一天，工厂里发生了不得了的事情，产量爆发式地增长了40%。

公司的人并不清楚原因，让人大吃一惊的是，第三天产量基本已经翻倍了。

"难以置信！"

石狮子先生一边看着记录一边感慨。

"记录没有问题。"

"这是怎么回事？"

"除了奇迹，没什么可说了……"

"这样的产量，跟自动制造机器的产量，也没差多少啊。"

"这样的话，您看，不用特意花大价钱从美国引进机器也可以吧……"

"去调查原因，让间谍潜入，调查工人的口风。"

石狮子先生给公司的人下了命令。

间谍们潜入了工厂，各种调查后，总算是打探到了秘密。原因就是和夫父亲带来了那个拥有不可思议力量的羽翼。

"马上把那个羽翼给我带回来！"

石狮子先生喷着唾沫星子喊道。

"那好像是那个名叫和夫的孩子的东西。"

"那就把那孩子带到这里来，不，招待过来，然后让那孩子亲口告诉我们羽翼的秘密。"

　　就这样，和夫和真由美就在迫不得已的情形下坐上车，被带到了山星天空塔。

　　第一次看到大城市的中心城区，就像来到另外一个世界，两人在车里就已经开始拘谨了。

　　"好了，我们到了，小弟弟。"

　　带路指引的狐狸塑像先生打开车门，二人有些忐忑不安地在大楼前站着，想道，如果发生什么恐怖的事情，能不能快速逃出来。

　　特别接待室里，桌上堆满了小山一样的蛋糕跟点心，还摆着红色和蓝色的饮料。

　　"请吃吧，挑你们喜欢的。"狐狸塑像先生用近乎让人厌烦的讨好语气说道。接下来，石狮子先生也进来了，他想显示一下自己的威严，"咳"地大声咳嗽了一下，然而，孩子们只是茫然而目瞪口呆地看着石狮子先生，完全没有反应。

　　"你们在哪个学校上学呢？"

　　"我们是东镇小学的五年级和一年级学生。"

　　和夫答道。

　　"这样啊，那里是第二警戒区啊。"

　　石狮子先生说了一句让人不明所以的话。

　　"说起来，那个羽翼的事情，能不能跟叔叔讲一讲呢？"

　　石狮子先生观察着孩子们的脸色，有些紧张地问道。

　　"无论你们喜欢什么东西，都可以作为礼物送给你们哦。"

　　石狮子先生又加上了这句话。

　　"没什么特别的，是我们捡到的。"

　　"捡到的？在哪里？"

"工厂附近的小河里。"

"镇上的小河怎么会漂着这样的东西？不可以说谎哦。"

"是真的，是吧？真由美。"

石狮子先生的眼睛突然开始放光。

"能不能稍微让叔叔看一下那个羽翼呢？"

石狮子先生用连他自己都惊讶的可爱声音温柔地说道。

"请看。"

"就在这个筒里面装着呢。"

和夫把通信筒交给了对方。

"我在身上戴一下也可以吗？"

"嗯，可以的，真由美，是吧？"

"可以，不过在房间里面的话，头会撞到天花板的，很危险啦。"

"什么，戴上这个羽翼就会轻飘飘地飘浮起来……"

石狮子先生嘎吱嘎吱地把羽翼取出来抱起来了。

然而，他完全没有飘浮起来。石狮子先生就像守着狗粮等待进食的狗一样，一动不动地等了一会儿，然后就开始烦躁了，像兔子一样砰砰地跳来跳去。还是飘不起来。石狮子先生急得满脸通红。

"你们该不会拿假的羽翼来糊弄我吧？"

"没有啊，好奇怪啊，明明其他人都飞起来了。"

"是我太胖了吗？"

"但是理发店的叔叔，那么胖也飘浮起来了。"

"是吃的东西不一样吗？"

"是吧，一定是只吃这种好吃的，身体就可能发生变化。"

真由美一边看着堆成山的点心盘子一边说道。石狮子先生听了想打她耳光，但强忍下来。

"不管怎么说，这个我没收了。这种蒙骗大众的工艺品，不能让你们带走。"

"请还给我们，还回来！"

两人脸色都变了。

"这是哥哥和真由美的东西呀。"

"烦死了，想要我还回去的话，就把能让我也飞起来的真正的羽翼带过来，那样的话……"

这时，和夫一瞬间就扑向羽翼，把它从石狮子先生手里抢下来，拉着真由美的手往窗户那里跑去。

和夫一边拉着真由美的手，一边抱着羽翼跳向窗口。

就这样飞起来了！

"飞起来了，这个羽翼是真的。"

石狮子先生的眼睛都瞪圆了。

可是，咣当一声！

"疼死我了！"

和夫的鼻子被狠狠地撞到，跌到地板上了。窗户上装有几乎透明但是很厚的玻璃。他鼻子流血，石狮子先生迅速从他手里把羽翼抢走，冷笑着指着门说道：

"出口在那边啦，小弟弟。"

二人就这样被五六个男人抱着带出去了。

"马上分析这个羽翼，接着研究飞行方法。"

瞬间就召集来了差不多二十位科学家，他们每人都是拥有三四个头衔的教授或会长，都是被新发现、新发明这样的事由叫来，大家一起发表意见，也一起更加详细地计算从石狮子先生那里获得的酬金金额，真是一群出色的人。

大家一起掐一掐、撕一撕羽翼，连同羽翼上面附着的灰尘呀，手留下的污垢呀，都仔细地研究了，最后完成了一部二十八万六千五百页的报告书（完成这个本来需要三十六年，到那时石狮子先生都已经不在人世了）。

接下来，防卫厅和太空局派来六十位技术人员，细致地研究如何飞行的问题。为了研究，对南部地区一带突然下达了搬迁命令，并且在周围都围上了带刺铁丝。反对这个命令的人们在南部地区的道路上设置了路障，但却因为不知道哪个公司的自卸卡车急速涌入，一下子就被破坏掉了。

第二天，在已经十分森严的戒备下，羽翼被带到这里了。

"一、二！一、二！"

每天早上，每天晚上，都有这样的号令从围着带刺铁丝的广场传来。那是研究员们从跳台一样的地方抱着羽翼飞落下来的号令。

传来了啪啦啪啦的声音，那是大家屁股狠狠地摔到跳台下面垫子上的声音。

一个接着一个，毫不厌倦地继续这样的测试，慢慢地，只要出现了一个歪打正着戴着羽翼飞起来的人，石狮子先生他们就相信羽翼能飞，但是研究员们早就不相信了，只是因为这是命令，没有办法，才只能继续试验。

一、二，啪啦；一、二，啪啦。

"刚才这个男的，滞空时间长了一些，不是没有希望，再试一次，飞下来。"

一、二，啪啦。

"再来一次，计时！"

——这个倒霉的男人，被要求飞了好几次，摔得屁股上都长茧子了。

为了从解剖学的角度去研究羽翼，抓了很多种类的鸟，让它们展开翅膀，和羽翼比较。老鹰、鸭子、鹅、天鹅、乌鸦、野鸡、鹦鹉，到最后，因为把鸟关在动物园那样的围栏里面，经常有鹭鸶还有其他鸟类觉得拘束，就一下子拍拍翅膀逃走了。

当白色物体飞起来时，大家都会胆战心惊地抬头看去，产生"羽翼飞起来啦"的错觉。

最后大家都筋疲力尽了，已经开始厌烦观察鸟类了。

这个时候，和夫爬上了自家的房檐，呆呆地望着广场的方向。

羽翼被夺走，自己被摔出来的不甘心，现在还留在他的心里。回到家以后，对于和夫擅自去石狮子先生那里的事情，父亲十分生气。因为没有了羽翼，一下子做什么都没有意思了。

"现在羽翼变成什么样了？"

一想到这个，和夫就想马上进入那个广场，把羽翼夺回来。

"是啊，羽翼是我的东西。我要去夺回来。"

和夫下定了决心。

没有月亮的夜晚十分闷热。和夫悄悄地溜出家门，在夜深人静的城镇里跑了起来。他身上被缠着带刺铁丝的栅栏划出了好几道伤痕，翻过栅栏就是草坪。

研究员们的宿舍隐约泛着亮光。羽翼到底在宿舍的哪里呢？和夫把身体蜷缩成乌龟一样贴地爬行，偷偷地从其中一扇窗子看进去，里面陈列着枪支，这是警卫员的房间。再看向下一个窗子，里面是卧室，住着七八个人，因为白天训练太累了，全都筋疲力尽地横躺在那里。

下一间……再下一间……和夫坚持不懈地找下去。

时间过了半夜，当他终于发现那个采光窗的时候，之前的劳累一下子消散了。

找到了，羽翼就在这里。

和夫日夜思念的羽翼就在那个正方体的玻璃箱中……不过，它已经面目全非，变成破破烂烂的样子了。长时间被拽来拽去，撕来撕去之后，它受伤了，也弱小了很多。

"你好可怜啊……"

和夫的表情很痛苦，他捡起小石块，打破采光窗的玻璃，潜入房间，蹑手蹑脚地靠近玻璃箱。幸亏这里没有人。

他咔嚓一声打开箱盖的锁扣。

这时，响起了铃铃铃铃……的声音。

"糟了，锁扣上面装着警铃啊！"

和夫脸色都白了，紧紧搂住羽翼大叫着。

"飞吧，求求你了，飞起来吧！"

羽翼带着和夫猛地一下飞了上去。穿过采光窗的时候，有人影从警卫室里拿着枪跑了出来。

"什么，好像有什么飞上天去了。"

"要开枪吗？"

"不用，不用。肯定是鸟屋里面又有鹭鸶或者其他鸟飞走了，就让它们飞吧。"

两三个人就这样目送羽翼飞走了。

"你们在那儿干什么，发呆呢？羽翼被偷走了！你们去哪儿了，别让小偷逃走了！"

等到急得满脸通红的研究员赶来训斥他们的时候，和夫已经飞到快要看不见了，变成了昏暗天空中的一个黑色小点。

# 4

就像摆脱缰绳奔向草原的小马驹，羽翼载着和夫，直冲着飞向更高更远的地方。他们飞得离星星如此之近，就仿佛星星正从和夫的肩膀上飞过去一样。羽翼沐浴过星光的尘埃之后，越来越有活力了。

"刚才还那么破烂的样子，你是恢复了吗？"

和夫向羽翼问道。

"喂，为什么石狮子先生他们即使乘上你也飞不起来呢？"

羽翼扑棱地震动了一下，好像是对石狮子先生的事情很气愤的样子。

"是你决定要不要飞起来吧。"

好像在赞同这个说法，羽翼拍打得更加用力了。

大都市灯光的旋涡消逝在雾中，在其中的某个地方，石狮子先生听到羽翼逃走的消息后，大概会气得满脸通红吧。在其他的某些地方，精心打扮的人们还在互相憎恨、互相欺骗吧，这些都构成了这个渺小的世界。

和夫突然有了非常古怪的感受，跟这些会闪耀几万年，甚至几亿年的星星相比，石狮子先生再怎么作威作福，也还是非常渺小的存在啊。

天空从深蓝色变成了小鸟羽毛般的蓝色，当紫色的晨雾开始弥漫的时候，和夫不知不觉中已经飞到了海上。

海浪像绒毛一样，海风凉凉地吹拂着脸颊。橙色的花瓣在蓝色的大海上轻轻地漂浮着。所谓花朵其实是花瓣形的海浪发电所。它用海浪的力量发电。这里产生的电能，不光输送到日本，也会输送到堪察加半岛、阿拉斯加州等其他地方。

发电所那边有人发现了和夫和羽翼，派出小型飞机飞了过来。

"不好啦，要被石狮子先生发现了。"

和夫四处张望，这时，他看到候鸟成群飞过。

羽翼带着和夫飞入鸟群中，小型飞机也在迅速靠近。

候鸟们唰唰地包围了和夫，热闹了起来。这可是好几千只鸟的大群。小型飞机不敢闯入鸟群，放弃跟随和夫，原路返回小岛了。

"谢谢你们。能让我跟你们一起飞一会儿吗？"

候鸟们把和夫围在鸟群中央，从容不迫地挥动着翅膀，继续向北方、更北方飞行。

水平线上一点白色的星光从眼前瞬间飞过。浮冰开始出现了，这边一块，那边两块的。这里的气候也寒冷得多。然后就到了遍布冰层，冰比海水还多的地方，这里已经是北方的尽头了。

远处，像芝麻一样的黑色小点在活动。

"啊，是因纽特人，"

和夫突然感到，自己已经非常饿了，这样继续飞行下去，不知道什么时候才能找到食物。

他跟鸟儿们道别，轻轻地降落到雪地上。

因纽特人面色红润，满脸笑容地跑过来。令人吃惊的是，其中竟然有一个人会说只言片语的日语。

"你、羽翼、人吗？"

"我，我从日本来的，你为什么会说日语呢？"

"跟技术人员、日本人、学的。"

"技术人员？这里也有工厂之类的吗？"

"铀、挖掘、因纽特人、大家、都工作。"

听到这个，和夫很惊讶。在因纽特人的冰屋房顶上架着电视的天线。

进到冰屋里面一看，和夫更是目瞪口呆。电动吸尘器、收音机、荧光灯应有尽有。只是没有电冰箱这类东西，因为这类电器在这里是完全没有用的。外面到处都是上等的冰块。向他们一打听，在挖掘铀矿的工厂上班的话，总有来自美国、日本的推销员蜂拥而至，推销各种"××电器""××精密机器"，都可以月供支付。

"这些、来到、我家后、羽翼人就、不再、过来了。"

因纽特人悲伤地说道。

"那个羽翼人，是谁呢？"和夫问道。

于是，因纽特人切了一块很大的海豹油递给和夫。

"一边吃、一边听、听我唱羽翼人的歌。"

就这样，因纽特人唱了起来，是一首旋律像摇篮曲一样的歌。中间还用手"呜嗯啪啪""呜嗯啪啪"打着拍子。虽然没有完全听清楚，但歌词大致是下面的含义。

昔日人类

创造驯鹿的故事之时

与乘羽翼飞翔的人们

友好相处

然而人类日渐狡猾

只计算金钱

羽翼人伤心欲绝

不再来访

只剩风和海豹

还在远处叫喊

"咦，这是传说啊。"

和夫嘴里塞满了海豹油，问道。

"因纽特人、全都、相信这个、一直一直来的、羽翼人、住在、北方尽头的国家。"

"在北方？"

"是的。"

"那我明天向北方出发，如果你们说的羽翼人真的存在的话，我想见一见他们。这个羽翼，很有可能是他们的东西吧？"

和夫这样想着。

第二天的天气非常好，和夫跟因纽特人告别，以极北为目标飞行。眼前到处都是冰原以及冰的裂痕。羽翼人之国好像不存在一样。眼看就到了北极点的正上空，北极也有钢铁瞭望台，气象计、远程摄像机在那里自动运行着。

突然，一阵白色的浓雾涌上来了，一瞬间，钢铁瞭望台、冰块还有天空，都像被橡皮擦除一样消失不见。

"啊，这下糟糕了。"

和夫吓得脸色发白。

"该去哪儿来着，东面西面都在哪儿？北面在哪儿……啊，这里是北极，这样说来，往哪儿走都是朝南啊！这样根本分不清方向啦，北极真是不方便的地方啊……"

——想要去羽翼人之国，想要带回更多这样的羽翼。大家都能通过羽翼获得幸福。

啊，又是一个岛，接下来会怎么样呢？

和夫在岛上降落了。

令人吃惊的是，岛上到处都是海狗，有小狗那么小的，也有狮子那么大的，在岛上黑压压的一片。

和夫急忙飞起来。下一个岛全是海豹，也有全是北极熊的岛。因为这些野生动物的数量每年都在减少，全世界协商用这些岛屿来保护它们。

"哎呀，这个岛好大啊，不对，不是岛，是大陆。是西伯利亚吧？还是阿拉斯加州？那个圆圆的、粉色的圆顶是什么呢？排列着好多。"

明白了，这里一定是羽翼人之国！

和夫这样想着，静静地降落下来，想要看一看圆顶建筑里面是什么。

"请问，你是谁？"

和夫听到有人在说希望语。

回头一看，一位少年站在那里。

希望语就是世界语，小学里也会教授这门语言，所以和夫也听得懂。

"这里是羽翼人之国吗？"

和夫也用希望语问道。

"不是的，这里是西伯利亚，这是一座集体农庄<sup>①</sup>。"

和夫有些失望。

"可是，这里看不到什么农场啊，而且这里天气这么冷……"

"这个建筑里面就是农场。"

少年指着那个圆形建筑物说。

"这里面使用的是放射性同位素栽培，可以长出很大的蔬菜。你要不要来看一下？"

和夫悲伤地摇了摇头。

"我在找羽翼人之国。"

"羽翼人，没听过呢，要去那里做什么呢？"

"想要获得更多像这样的羽翼，让大家获得幸福。"

"获得幸福？我们这里没有羽翼，我们也都很幸福啊。"

"我居住的城镇不是这样的。"

"好吧，你等我一下，我叫我爷爷过来，他一定知晓羽翼人之国的事情！"

少年跑去找人了。

集体农庄的少年从圆顶建筑里面带来了看热闹的小伙伴，有皮肤晶莹发亮的孩子，有核桃色头发的孩子，有位孩子像玩具一样可爱，她拽着一位看起来很体面的白胡子爷爷。

"爷爷，您给这个人讲讲羽翼人之国吧！"

---

① 苏联建立在生产资料集体所有制和集体劳动基础上的社会主义农业企业。

少年说道。

"羽翼人之国？"

爷爷用他那双博学睿智的眼睛静静地看着和夫，然后悲伤地闭上眼睛。

"啊，那个国家，已在不在地面上了。"

"咦？不在了，是灭亡了吗？"

"不是的，他们已经去了我们人类无法触及的地方了，很早就……"

爷爷抬头看向天空。

"据说他们搬到云朵上面几十万米的高空上去了。"

"我小时候，好像地面上还有极少数羽翼人居住着，我的曾祖母就经常给我讲他们的故事。"

"嗯，羽翼人是什么样的呢？"

集体农庄的少年问道。

"一般来说，人们称他们为妖精或者天使、精灵、巨灵、小矮妖、小矮人①，不同的地方对他们的称呼也不一样，有的时候也称他们为恶魔，这些都是人类随便给他们起的称呼，其实都是一样的。"

"恶魔？好吓人呀！"

有个女孩子吓得颤抖了。

"他们真的是人类的好朋友，他们住在森林或是寂静的山里，隐蔽地生活着。有时会跟人类一起玩耍，一起歌唱，也会

---

① 巨灵（Jinn），来自中东神话；小矮妖（Leprechaun），来自爱尔兰神话；小矮人（Korobokgur），来自北海道阿伊努人的神话。

跟人类相爱，他们虽然是跟人类基因不一样的生物，但却是与人类最相近的生物了。"

"他们为什么跟人类分开，搬到那么远的地方去呢？"

"那是因为，人类不再信任他们了。"

爷爷向大家提问道：

"妖精和外星人，你们相信哪一个？"

"外星人！"

大家一起叫道。

"因为妖精是童话嘛，是不真实的啊。"

"哎呀呀……"

爷爷更加悲伤，开始叹气。

"不是吧，"集体农庄爷爷说道，"现在的孩子，真是现实啊。"

"呀，好过分，我也是有梦想的哦。"

扎着小辫的女孩子叫道。

"我们的梦想，就是在集体农庄里面，种植出大大的蔬菜。""跟爷爷那个时代不一样啦，又是妖精又是恶魔的……"

孩子们热闹地讨论着。

"原来如此，是爷爷不对，的确，你们也有自己的梦想。不，孩童时期总是有梦想的。但是大人们啊，在现在这个社会，有多少人是没有希望也没有梦想，只是无意义地生存，只是为了金钱和工作忙碌地干活？羽翼人对这种大人们失望了，就离开了。"

和夫听着爷爷的话，一下就想到了石狮子先生的事情，那里就有一位这样的大人啊。

# 5

石狮子先生每天晚上躺在床上都非常痛苦。即使睡着了，也完全不会做梦。躺下再睁开眼，就是早上了。

他虽然吃过医生开的药，也接受过暗示疗法治疗，还在睡前使劲吃好吃的食物，但是都没有用。

"如果睡觉时被什么惊吓到，您就会做梦的。"

狐狸塑像先生煞有介事地说道。

"那你来吓我吧。"

狐狸塑像先生就在某个夜晚，往石狮子先生的脖子上突然浇水。

"咿呀！"

石狮子先生一下子跳了起来。

"你做的是什么事啊，为什么一定要做这种愚蠢的事情啊。"

石狮子先生突然非常生气。

"城镇里的那些家伙，今天晚上也做梦了吧。"

一想到这个，他就非常羡慕。

"要不要下个命令，对做梦的人处以罚金呢？"


"您的身体状态究竟是从什么时候变成现在这样的？"

医生向石狮子先生问询道。石狮子先生虽然自述骤然消瘦，其实他大概胖了二十公斤——他心虚地回答。

"就是从羽翼被偷走的那天晚上开始的，一定是羽翼偷走了我的梦，一定是这样。"

"不会有这么荒唐的事情的，这应该是疲劳引起的神经衰弱。"

医生貌似很了解地摇了摇头。

"您需要休养，试试在安静的高原静养两三年怎么样？"

"休息？"

石狮子先生变了脸色。

"我休息的话，会怎么样？你知不知道有多少恶犬对我的地位虎视眈眈，妄图赢过我，登上我的宝座！我还没老到需要引退呢！"

"不是引退。休养两三年就可以回来。"

"需要花两三年的话，董事局肯定会建议我引退的！我不想给大家看到我的弱点！如果不是我一直在镇压，不让他们轻举妄动，那些闹事殖民地的家伙跟工厂的家伙绝对会……"

"关于这点，您不用担心。"

医生劝慰道。

"考虑到您这样的人士的处境，我们从美国购入了这样的好东西。"

"哦？"

"就是替代用的人造人。"

"替代用？就是我的替身吗？哼，谁知道那种家伙心里在想什么？"

"不是人，是人造人。"

"那人造人是什么样的？"

"简而言之，是一种使用人体模型的自动人偶，别名也叫类人机器人。是的，是机器人。"

"机器人？"

"是的，让它坐在这把椅子上，然后播放录下了您的声音的磁带。"

"谁来播放？"

"自动播放，可以设置成根据说话对象选择播放内容。与您会面的人数量很多吗？"

"不，只有董事会和工会的干部。"

"原来如此，这样的话就很简单了，董事会来了，就说'交给你办'这句台词，工会来了就说'不可以'这句台词，这应该能满足您的需求了。替身只要说这两句话，就什么都OK啦……"

人造人已经运到石狮子先生的面前了，它穿着跟石狮子先生一样的衣服、一样的鞋子，而且找来城里最厉害的雕刻家，做出了跟石狮子先生一模一样的头像，轻轻地放在上面。

"原来如此。"

这样根本分不出来哪个是人哪个是替身，石狮子先生觉得。

"好啦，再见，就拜托你看家了，我要去好好地休息个两三年再回来。"

"交给你办。"

突然，人造人开口说话了，石狮子先生大吃一惊。

"你这家伙，我又不是董事会的，我是你的主人，至少跟我道个别吧？"

"不可以！"

人造人叫出了另一句话，这是对工会人员说的话。

"喂喂，这样是不是有故障啊，只会说这样前后矛盾的话！"

"不是的，还没测试性能……正在调整。"

技术人员把人造人放在石狮子先生的座位上，打开它后背的盖子，嘎吱嘎吱地维修着。

"快点吧，您不趁着现在出门的话，被人看到有两个老板就糟了……"

狐狸塑像先生催促道。

"哦，是这样，那拜托你了，你真是个忠臣啊。"

"属下诚惶诚恐。"

跟狐狸塑像先生告别之后，石狮子先生乘上秘密电梯到了一层，那里已经有车在后门等着他了。因为是秘密出发，没有人送行，车子很快就开走了。石狮子先生把身体深深地埋到座位里，不自觉地就开始叹气。

——就这样，这两三年，可以暂时彻底跟这繁忙的工作告别。

虽说是这样，那个羽翼……

石狮子先生突然吃惊地把脸贴在车窗上。

"是羽翼啊！"

石狮子先生的眼睛紧盯着天空中的一处，这真是说曹操，曹操就到啊……

那正是飞在天空的羽翼，载着一个孩子——

和夫回到日本了，这是一场漫长的旅行。他从苏联的集体农庄大叔那里打听到了羽翼人之国的事情，所以放弃了寻找，回来了。

和夫正在往回飞，刚好穿过城市的中心城区上方。

这时，石狮子先生发现了和夫跟羽翼。

"司机，追上他，不对，给我停车，我要联络自卫队，唔，立即从上空直接包围住羽翼，抓住他，不能开火，要让他活着。"

战斗机陆续飞了出来，十架、二十架，这些都是石狮子先生个人拥有的巡逻机。转眼之间，和夫就被包围起来了。

"现在以未经许可在中心城区飞行的罪名逮捕你！"

扩声器在那里咣咣地大声说着。

"我只是……"

和夫激动地喊了起来。

"天空本来就是大家的，不是你们有钱人的，谁想飞就可以随意地飞。"

"说这些没用的。"

和夫被在他头顶飞行的巡逻机的嗡嗡声吓坏了，吓得一下子松开了握着羽翼的手，头朝下落了下去。

巡逻机这时啪的一下打开了由塑料制成的捕捉网，和夫的身体就像落入陷阱的小鸟一样，完全被卷在里面。羽翼从捕捉网的空隙里迅速地转了个身，躲过巡逻机后，俯冲进矗立在旁边的山星天空塔的一扇窗户内，一下子就消失了。

"紧急报告，当前已逮捕到儿童，羽翼潜逃到山星天空塔内。请求支援。"

巡逻机的一名驾驶员使用话筒联络道。正在大楼里的狐狸塑像先生听到这个消息，慌了起来。这可是重大事件啊！不管怎样，一间一间搜查房间的话，这里可有一千二百五十个房间啊。

"一间一间地搜查房间，窗帘后面，还有柜子后面，这些地方都不要放过，好好搜查。只要发现一片掉落的羽毛，就把那个房间封闭起来。"

狐狸塑像先生铁青着脸给部下们下达了命令。

羽翼到底藏到哪里去了呢？其实，羽翼飞进去的房间正好是石狮子先生的房间。他的替身人造人在那里静静地坐着。

羽翼虽然有些吃惊，但马上就识破了这是仿制品。

"……"

羽翼迅速钻到人造人的衣服下面。它的后背处有个很大的空洞，磁带播放器就装在那里。不可思议的是，羽翼连这个都识破了。

藏在石狮子先生的身体里面的话，就几乎不用担心被发现了吧。

这时，传来了敲门声。

警视总监有些拘谨，快步走了进来。

"现在只抓住了乘坐羽翼的儿童。要开始审问吗？"

藏在石狮子先生身体里面的羽翼偷偷动了一下磁带播放器。自动装置瞬间启动了。

"不可以！"

磁带播放器大声说着石狮子先生的回答。

"那么，把他带到这里，接受您的调查……"

"不可以！"

"那至少把他监禁到事件结束之后……"

"不可以！"

接着又响起了敲门声，副总监也有些拘谨地进来了。

"报告，当前在13号街，非常遗憾，逮捕了一位跟老板您长得一模一样的可疑男性。他也自称是公司的老板，请问该怎么办呢？”

"可以释放吗？"

"不可以！"

磁带播放器大叫着。


和夫正在一个有些脏乱的正方形房间中接受严肃的审问。

"你获取羽翼的动机是什么？"

"'动机'是什么意思？"

"是问你怎么拿到的。别让我难办啊，我得快点回家，今天是我的生日呢。"

坐在房间中央的川越说道。他长着一张红薯般的脸。

"因为你用的词太难了，我不是很明白。"

"你是蓄意妨碍审问吧，你！"

川越红薯咚地敲了一下桌子。

"'蓄意'是什么意思？'妨碍'又是什么意思？我没怎么样，只是捡到了那个羽翼，然后把它借给了大家啊。"

"就是这样，你是把羽翼当作诱饵，借此煽动大家。"

"一开始，只借给了真由美。然后因为小六说给他看看，就借了，还有笃笃、甘地、小润、武藏……"

"甘地？甘地也跟这件事情有关系？"

一个人大声叫了出来。

"甘地是他的绰号。"

"好，都是重要的证人，先记录下来，反正都要传唤过来。"

负责记录的人仔细地在打字机上打下：小六、笃笃、甘地、小润、武藏。

"我再问你一次。你为什么要获取那个羽翼？"

同样的问题，这是川越红薯第一百八十次发问了。

"我是在河边捡到的呀。"

"你还装傻？"

川越红薯急得就像烤红薯一样。

"我要快点回家，今天是我的生日啊，我是迫不得已才在这儿的，即使你是小孩也不可饶恕啊。"

两个目光尖利的男人一起迅速抓住和夫的手臂。

"疼啊！"

两人对了下眼色，一起狠狠拧起了和夫的手臂。

和夫发疯一般叫了出来：

"丑八怪！金刚大猩猩！火星人！破烂狸猫！高级流浪汉！"

两人拧着和夫的手臂，把他压在地板上。

这时，审讯室的门突然开了。

"审讯中止。"

"咦？"

川越红薯松了一口气，问道。

"为什么中止了呢？"

"是老板命令的。"

一名警官说道。

"就在刚才。"

"那，可以把他放了吗？"

"倒是没有说到这个。"

"很好，那就把他派到开拓地去。"

川越红薯一个人在那里点了点头。

"咦，我会去哪儿？"

和夫很吃惊。

"开拓地，小行星，有什么问题吗？那里有专门用来接收可疑人员的星球，你大概会被送到那里去吧。只要洗清嫌疑，马上就会让你回来的。"

"小行星！"

和夫叫了出来。

"我不是犯人也不是坏人，不要把我送到那么可怕的地方。"

"带这个孩子过去。"

川越红薯匆忙下了命令。和夫大声叫着，刑警抓着他的手，把他带了出去。广场上停着囚车，和夫跟五六个人一起被塞到车内。当他看到坐在眼前的人脸时，不禁大吃一惊。

是石狮子先生！

千真万确，没有看错，这个看起来被揍得很惨，被推攘了好多下，脸像马铃薯一样肿了起来的人，的确就是石狮子先生。他耷拉着头，看起来连说话的力气也没有了。和夫主动跟他交谈起来。

"您怎么会被带到这种地方呢？"

石狮子先生顿时好像变成了斗牛犬一样。

"他们把我当作了冒牌货。"

"冒牌货？"

"我是我本人，我的替身坐在我的房间里，警视总监那个浑蛋，把他当成是我本人了。"

"你说你是本人，那你有证据吗？"

"别说证据了，他们都不让我说话，对我又打又踢，给我定了个不敬罪，最终就落到这个下场……"

正说着，囚车已经到了机场。飞往小行星的飞船就停在那里。和夫跟石狮子先生还有其他犯人一起被带下车，一个接一个被带上火箭。

驾驶飞船的宇航员出来迎接。

"我是有马五郎，一级宇航员。"

"辛苦你了。"

疲劳的刑警打着招呼。

"今天有十三位乘客。"

有马查看着乘客名单。

"前往小行星开拓地，唔，这是移民吧。"

他蹙着眉问道。

"这种事情不用问了，你就把乘客们送到中转基地33号人造卫星那里就行了。"

"话倒是这么说……"

"开始登船，Speed up（快点）！"

和夫登上飞船的扶梯，进到船舱里，他突然特别想哭。可能再也不能回到地球，感受地球的土地了。这已经不是什么太空探险了，前往小行星是移民，面对的是一直到死都被奴役劳动的命运。

咚咚咚……

从火箭排出的压缩氢气扬起了灰蒙蒙的飞尘。

出发了，有马坐在前排的驾驶位上，静静地看着刻度盘。过去飞船起飞的时候，因为加速度很惊人，大家都会觉得很难受。现在虽然加速度没有那么夸张了，但是依然会产生冲击，让人备感难受。如何更为平稳地起飞，正是体现宇航员水平的地方。

飞船渐渐飞上天空，白云被拖得长长的，就这样扎入了平流层。和夫透过小小的舷窗看着那已经变得很遥远的日本。一想到就要跟爸爸妈妈、真由美还有羽翼永别了，他的心中不禁思绪万千。

突然有人拍了自己的肩膀一下，和夫回头一看，是有马，他笑眯眯地站在那里。

"你为什么会被派到小行星开拓地去呢？"

有马笑眯眯地问和夫。

"被强迫去的。"

"你是做了什么吗？"

"我什么也没有做，我怎么可能做坏事！是他们擅自……"

正说着，和夫更觉伤心，愈发生气起来，开始用拳头咣咣地敲打飞船的内壁。有马凝视着和夫的眼睛，小声嘟哝：

"和我弟弟定男好像啊……他好可怜啊。"

读者们还记得吗？在这个故事的开头出现的有马和定男。那个不可思议的羽翼本来就是这两人的，不，是有马在平流层捡到的。

"看到你的脸，我就相信你不是做坏事的人。小行星那边现在人很少，为了赚钱，公司需要人去那里工作，所以没有犯罪的人也陆续被塞上飞船送到那里。去了之后，就再也回不来了。"

"他们不能逃出来吗？"

"逃到哪里？"

有马摇了摇头。

"总之,小行星比火星还要远很多。"

有马鼓励了垂头丧气的和夫。

"没事的,和夫,我一定会把你带回地球的,在那之前,你先忍耐一下。"

小行星就像一大群虫子一样,大大小小地在太空中飘浮着。甚至存在直径只有一米的小行星,即使这么小也是行星,也会围绕太阳旋转。

和夫他们被送往的小行星多特大概有澳洲大陆那么大,那里已经安排了四五十人。

接近小行星多特了,飞船制动装置开始喷射,岩石散乱、裂痕遍布的地表越来越近。

# 6

现在是小行星多特时间的早晨,说是早上,其实是地球时间的概念中才有的东西。在这个没有空气也没有水,地面上到处是裂痕的小型星球上,没有黑夜也没有白天。总之,一到早上八点,在这个圆顶建筑里睡觉的人们就要开始听喇叭广播了。

"嘟嘚嘟嘚嘟嘚哒哒哒,大家早上好!今天也要精力充沛地工作一天!公司期待着大家大显身手!生产!增产!这是今天的口号。大家拿起工具,穿上磁力鞋,出发吧!运输机器人等着大家的收获哦!"

这样的话在嗡嗡大叫。大家急忙戴上氧气面罩,面罩里面也装上了扩声器,在大家到达工作场所之前会一直这么叫着。

大家都穿着太空服，戴着氧气面罩，一个接一个地出来，也分不清谁是谁，不过和夫跟石狮子先生就在其中。

大家被分成几个小组，来到各自的挖掘场。和夫还是个孩子，石狮子先生也是第一次做这样的体力工作。对于二人来说，每天都非常痛苦。和夫操作切岩机哒哒哒哒地切割岩石，松动的岩石屑就会落下，石狮子先生再把它们撮到一起。说是撮到一起，因为是几乎没有引力的星球，碎石会扑棱扑棱地跳得很远。人类可以靠磁力鞋站着，石狮子先生被这些像棉屑一样的岩石碎片弄得满头大汗，十分狼狈。

和夫跟石狮子先生在不知不觉中开始互相安慰。

"小弟弟，很辛苦吧？"

"叔叔，休息一下吧。"

如果悄悄休息，会被怎样处置呢？先是手脚会突然有电流流过。两人跳了起来。

接着扩音器开始大叫。

"一秒钟时间也要珍惜。六十秒合在一起就是一分钟，一千四百四十分钟合在一起就是一天！你每休息一秒，就会耽误一天八万六千四百分之一的工作！"

这样痛苦的日子一天天过去。

"和夫，给你吃这个，这是地球送来的巧克力，虽然有点过期，但是很甜的。"

"谢谢你。"

"小弟弟，我在地球上的孩子最喜欢玩扑克了，你能像他一样陪我玩吗？"

"嗯，好啊。"

和夫在圆顶建筑里十分受欢迎。不过，他一躺到床上就很孤单，非常想哭出来。在这没有尽头的工作中，即使大家能够互相安慰，他们还是十分想念地球。

　　大家挖呀挖，打起精神来
　　给星星挖出个隧道来
　　要挖就要挖到太空尽头
　　把我们的名字刻在那里哟

圆顶建筑的歌，只要一个人开始唱，最后就会变成大家合唱。

　　明明是早上，天空却灰暗着
　　太阳公公也没升起
　　只要能听到地球来信儿
　　我们心中的天就亮了

石狮子先生拖着脚走了过来。

"哪，小弟弟，继续做这样的工作的话，我会死掉的。"

"不要那样说，加油就好，我们加油吧。"

"我年纪大了，我死了的话就全完了，安排这个工作的人也是我，我是公司老板。"

大家扑哧一声笑了出来。

"那么，老板先生，能不能安排一些更愉快的工作方式呢？"

"说起来，现在已经是太空时代了，老板的头脑大概还停留在二十世纪六十年代吧。"

"别的星球来的人类看到我们一定会很吃惊吧。"

石狮子先生安静地听着大家说话。和夫钻到被子里，想起了跟妈妈还有真由美在家里愉快的日子。恍惚中，耳边的合唱还在继续。

那就是地球啊，手指的远方
到处都是星辰
在岩枕上辗转入睡
梦中回我家

哔哔哔，突然响起了蜂鸣器的声音，是紧急警报！圆顶建筑被陨石砸出了一个大洞，空气开始泄漏了！大家都跳起来，飞奔出去。和夫也想跑出去，突然有人拽住了他的手臂。

"和夫，要逃走就趁现在！"

在暗处露出脸的是宇航员有马。

"啊，吓我一跳。"

"现在正好因为事故十分混乱，趁现在登上飞船，有个货物间空着，你就藏在那里，不能磨蹭了，离预计出发的时间只剩三十分钟了。"

有马快速告诉和夫这些事情。

听到这些话，本来在房间里面静静听着的石狮子先生脸色大变，跑了出来。

"也让我坐上飞船吧。"

这样说着，跪在有马面前。

"我可以让你当部长，不，当分公司老板，当公司副总也可以，只要你带我离开这个星球，什么都可以给你。我是公司老板。相信我吧。"

有马眨了眨眼睛，看了看石狮子先生。

"公司老板？老板会来这种地方吗？"

"我知道你会这么想，但即使我不这么说，你也会带我走吧？你是好人啊。"

"快点，和夫，快点去飞船那里。"

"……"

"怎么了，怎么不走呢？你想回到地球吧？"

"嗯，不过，我不想一个人回去。"

"为什么呢？"

"其他人也很痛苦，我想跟大家一起回去。"

"傻瓜，怎么能放过这个机会？"

石狮子先生气得口吐白沫。

"我要留下。"

和夫十分肯定地说道。

"但我还有事情求你帮忙。"

"是什么？需要我帮你捎口信吗？"

"希望你帮我找羽翼。"

"羽翼？"

"嗯，希望你找到羽翼给我带来。"

和夫详细地说明了羽翼的事情。有马的表情变得十分认真。

"这样啊，那个羽翼的事情，我也是知道的。"

"咦？为什么你会知道？"

"缘由迟早会告诉你的，总之，我接受你的请求了。"

——三十分钟后，飞往地球的火箭起飞了。石狮子先生满脸泪水，目送火箭远去。

# 7

山星天空塔——

那是仿佛冰冷的悬崖峭壁一般矗立在中心城区的，属于石狮子先生的城堡。

就在位于第几十层的、仿佛酒店大厅一般的会议室，石狮子先生沉着地坐在那里。表面如此，但其实不是石狮子先生本人，而是人体模型一般的替身坐在这里。

今天有董事会的会议，一堆体形肥胖的人装模作样地坐成一排。

"那么，开始进行议题部分。"

狐狸塑像先生装作正在主持会议的样子，其实悄悄地拧开了桌子下面的开关。

"首先，关于已经开始讨论的第二山星塔的建设工程，最终决定，明年开始就安排东部地区一带的居民搬走……"

"不可以！"

石狮子先生（的替身）用非常大的声音叫道。狐狸塑像先生吓得跳了起来。他本来是准备播放"交给你办"作为答复的。为什么会错了呢？

"咦？但是并没有别的预定地址，不快点开始工程的话，就得延期到后年了……"

"不可以！"

狐狸塑像先生大吃一惊，为什么又错了啊，该不会是磁带播放器出故障了吧。

"不可以，不可以，不可以！"

董事们都很吃惊，大家陷入了沉默。狐狸塑像先生吓得冷汗直流，边擦汗边站了起来。

"这个，关于刚才的问题，老板他自己还在考虑，以后再讨论。"

狐狸塑像先生想这样蒙混过去。

"还是出故障了，得快点修理好，如果这个替身的事情在董事们面前露馅了，就糟糕了。"

另一位董事站了起来。

"那么开始第二个议题，关于增加职员以及工人的工资的问题，给所有员工提高工资，是完全不可……"

"交给你办！"

"那，老板您是准备接受工人们的要求吗？"

"交给你办！"

大家的眼神都变了，狐狸塑像先生变得脸色苍白。


有马从机场回到了家，弟弟定男出来迎接哥哥。

"哥哥你回来啦。"

"我回来了，喂，定男，我打听到了大新闻啊。"

"咦？"

"我们两个正在寻找的羽翼，被人找到啦！"

"在哪儿？在哪儿啊，哥哥！"

"好像在山星天空塔，具体在哪里还不太清楚。"

接下来，有马就把从和夫那里听来的事情经过全部告诉了定男。

"嗯，那样的话，那个山星塔的老板，他是想霸占羽翼吧。"

"是啊，他那样做，会给很多人添麻烦的。定男，我们一定要把它带回来。"

"带回来之后，要做什么呢？"

"当然是把羽翼还给真正的主人啊！"

——定男总是想起那个晚上的事情。哥哥从平流层捡回了这个羽翼，然后马上就有如梦似幻的女人出现在两人面前，请求他们把羽翼还给她，就像被夺走羽衣的天女一样悲伤、为难。然后，带着那个女人回家的路上，他们扔掉了羽翼，她也一直藏在定男他们的家里，等他们找到羽翼。是的，把羽翼带回来之后，一定要马上还给她……定男这样想着。

"哥哥，我们去山星塔吧！"

在山星塔里面，开始了非常混乱的争吵……一位董事在石狮子先生的人体模型后面的空洞里，发现了磁带播放器和羽翼。

"啊，是羽翼啊。"

"老板是个人偶！原来是假冒的啊！"

高管和董事们推开了正准备找借口搪塞的狐狸塑像先生，都拥向了老板的椅子那里。

"把羽翼拿过来！"

"你说什么呢，这是我的了！"

"说什么傻话，是我的！"

就这样，他们开始争夺羽翼。

"这可是什么愿望都能实现的羽翼啊！"

"把它交给我！"

"谁也不会给的，这是我的东西！"

"我要借助这个羽翼的力量成为下一任老板，给我！"

会议室里，石狮子先生的人体模型已经被踢倒了，大家都在抢夺羽翼，场面十分混乱。

这时，有一群人正迅速赶往山星天空塔，最前面的是有马和定男。他们是去取回羽翼的。和夫的父亲也在，他想把和夫从小行星带回来。余下的人们也是，大家为了让石狮子先生取消那些他制定的奇怪而错误的规则，聚集起来。其实警官们也对事情的真相一无所知，他们只是得知，自己一直护卫的只不过是个人体模型，都觉得很荒唐。

终于，警官们也加入了群众的队伍，一大群人闹哄哄地拥进了大楼里。

"啊，在那里。"

定男用手一指。向上看去，就在直通到五楼的中央大厅上方，羽翼突然翩翩地飞了出来。

"哥哥，是羽翼啊，是那个羽翼啊。"

"好，大家上到五楼去。"

事情变得很不得了，大家蜂拥着都想上楼，有乘坐电梯的，有攀爬大厅柱子上去的。中途，在走廊上，他们跟追着羽翼下楼的董事们突然撞到了一起。

"是老板的同伙们，糟了。"

"等一下。"

有马制止了大家。

"我们先来谈判吧，你们先同意我们的要求。"

就在这时，定男一跃而起，抓到了突然飞来的羽翼。董事们十分懊悔，在这么一大群人面前，不知道该怎么办才好。

谈判在会议室开始了。

"把羽翼还给原本的主人。"

"把在小行星遭受非人待遇的开拓群众带回地球来，而且要探讨以后如何进行更为轻松愉快的开拓生活。"

"城市的中心城区是属于全体城市居民的，当然，要取消现在这种奇怪的阶级划分，在学校和职场上，大家都是平等的。"

"山星天空塔向大家开放。"

听到这四条要求，董事们都是一副哑巴吃黄连有苦说不出的表情。反正老板是个人体模型，除了接受也没有别的办法。由有马起头，大家大声欢呼着胜利。

夕阳西下，卷积云在机场的天空蔓延开来，从粉色变成橙色，最后慢慢变成了紫色。

定男站在沙沙作响的草坪上，默默抚摸着手中抱着的羽翼。从卷积云的缝隙远处，传来了嗡嗡的闷响。那个小小的银色颗粒逐渐变大，终于看到了飞船的身影。它的尾部一直轰然地喷射着，降落在机场的正中央。

从小行星回国的第一批人员到达了。

欢声如雷，家人们都冲向前去，来迎接和夫的爸爸、妈妈还有真由美也混在人群里。

和夫走下飞船扶梯，人群中爆发出欢迎英雄一般的欢呼。

紧接着，一位又一位移民都在掌声和欢呼声中走了下来。最后，石狮子先生一个人孤零零地出现了，没有人鼓掌。大家都沉默地凝视着他的脸。

"对不起……"

石狮子先生嘴里嘟囔着，他的身影逐渐变小，最后消失在人群之中。

天空不知不觉已经变成了深蓝色，在探照灯的照射下，飞船就像蓝白色的生物一样站立着。定男突然听到后面传来的呼唤，回头一看：

"啊，哥哥，你回来啦！"

"我回来了，定男，刚到，给你介绍一下，这是和夫。"

"初次见面。"

"我叫和夫……"

"是你一直在好好保护羽翼啊。"

定男行了个礼。

"嗯，我很高兴羽翼能够平安归来，不过，是要还给它原来的主人是吧？"

"是的，那个人就在那里。"

有马指向暗处，不知什么时候，有一位美丽的女性朦胧发光的身影站在那里。

"还回去之前，能让我再拥抱一下羽翼吗？"

"可以，请。"

和夫轻轻地抱住羽翼，温柔地抚摸它，然后十分果断地把羽翼交到女人的手里。她把羽翼戴到自己的背上，不可思议的是，安上之后，羽翼就像正好长在她背上一样。

"谢谢大家，那就辞别了。"

女人一副恋恋不舍的样子。

"对地球上的人们来说，使用这个羽翼可能还为时尚早。我们总有一天还会回来的。那个时候，地球上的人们一定已经拥有使用羽翼的资格了。再见。我不会忘记大家的善意的。"

这样说完，女人迅速飞上了天空，向大家挥着手。不知不觉中，那身影消失在深邃的星空中。

和夫和定男细细回味着女人所说的话。

"地球上的人们，什么时候才能拥有使用羽翼的资格呢？"

那一天的到来，可能比他们想象的要早得多。

对这个城市，以及对和夫他们来说，从明天开始，迎来的一定是美好的未来……

* 《羽翼与星尘》最初刊载于日本共产党《〈赤旗〉周日版》，1961 年 3 月 12 日—1962 年 1 月 28 日连载。

# 《那个世界的终结——手冢治虫小说集成》解题

编者　津田高志

　　本书正如其名，是"漫画之神"手冢治虫创作的小说集。手冢生前不仅描绘了足有十五万张之多的漫画原稿，还利用空闲时间，撰写了各种散文、剧本、小说；无论是什么体裁，手冢都发挥熟练的笔触，使读者深深陶醉其中。以这样的品质和数量来说，简直已经不能称为"漫画家的业余工作"。更加值得注意的是，这些作品并非集中创作于某个时期，而是贯穿了手冢的一生。以本书收录的作品而言，最早的一篇小说是手冢在大阪府立北野中学（现为北野高校）就读时创作的《跳舞的虫头》（1943 年），而最晚的一篇是晚年创作的《妖蕈谭》（1986 年）。可以说，他一生都在创作小说。

　　在此介绍一下手冢的文字作品的主要出版履历。以单行本的形式最初出版的，是和本书同时再版的自传《我是漫画家》（1969 年 5 月，每日新闻社出版），后来，大和书房又以新装版的形式将此书再版（1979 年 3 月），该出版社还出版了《手冢治虫乐园》（1977 年 8 月）和《手冢治虫乐园 2》（1978 年 11 月），这两本书也是以文字作品为主的作品集，编辑是当时大和书房的编辑刘谷政则，他同时也是新装版《我是漫画家》的编辑。根据刘谷回忆，出版作品集的企划能够成为现实，靠的是儿童文学作家今江祥智的介绍。今江与手冢有过交流，通过他的介绍，刘谷拜访了手冢。当时手冢表示："森君对我的作品很熟悉，你可以找他搜集资料"，向他介绍了一位当时还是学生的青年。那位青年就是后来担任手冢制作公司资料室室长的森晴路。

手冢逝世之后，在森的协助下，刘谷在 Magazine House 出版社出版了《手冢治虫大全 1》和《手冢治虫大全 2》（1992 年12 月），还企划并编辑了《BRUTUS 图书馆 惊奇手冢治虫乐园》（1997 年 7 月），这些都是以手冢的文字作品为核心的作品集。

另一方面，编辑过许多手冢作品集的漫画评论家中野晴行也和筑摩书房合作，出版了筑摩文库原创企划《手冢治虫小说集》（2001 年 7 月），该书不仅收录了小说，还收录了剧本、大纲等宝贵的作品。本书《那个世界的终结——手冢治虫小说集成》就是以《手冢治虫小说集》为参照，聚焦于小说体裁编辑而成的。这些作品基本按照出版的时间顺序排列，其中有数篇小说是第一次被文库版作品集收录。其中特别值得一提的是在收录作品中篇幅最长的《蚁人境》，本作在《中学生之友》上连载之后，由"每日新闻 SF 系列·少年小说版"以单行本的形式出版（1970年 6 月），近年来又在树立社出版的《手冢治虫物语入门》（全三册，2013 年 3 月）中占据了整整一册的分量，可称是手冢的文字作品的代表作。

此外，本书还在每一篇作品的最后附上了简短的注解，以说明这些作品的最初刊载情况。

2016 年 6 月

**图书在版编目（CIP）数据**

那个世界的终结：手冢治虫小说集成／（日）手冢
治虫著；于忍，周晓林，陈涵之译 . -- 北京：北京联
合出版公司，2022.4
　　ISBN 978-7-5596-5944-6

　　Ⅰ . ①那… Ⅱ . ①手… ②于… ③周… ④陈… Ⅲ .
①中篇小说－小说集－日本－现代②短篇小说－小说集－
日本－现代 Ⅳ . ① I313.45

中国版本图书馆 CIP 数据核字 (2022) 第 024374 号

**手塚治虫小説集成** by Osamu Tezuka
© 2022 by Tezuka Productions
All rights reserved.
**手塚治虫小説集成** was published by Rittor Music in Japan in 2016.
Chinese translation rights arranged with Tezuka Productions
through The Tohan and Rittor Music.
本书中文简体版权归属银杏树下（北京）图书有限责任公司
北京市版权局著作权合同登记　图字：01-2021-7446

## 那个世界的终结：手冢治虫小说集成

著　　者：[日] 手冢治虫
译　　者：于　忍　周晓林　陈涵之
出 品 人：赵红仕
选题策划：**后浪出版公司**
出版统筹：吴兴元
特约编辑：邹景岚
责任编辑：龚　将
营销推广：ONEBOOK
装帧制造：墨白空间·张家榕

------------------------------------------------------------

北京联合出版公司出版
（北京市西城区德外大街 83 号楼 9 层　100088）
天津中印联印务有限公司印刷　新华书店经销
字数 199 千字　880 毫米 ×1194 毫米　1/32　9.25 印张
2022 年 4 月第 1 版　2022 年 4 月第 1 次印刷
ISBN 978-7-5596-5944-6
定价：42.00 元

------------------------------------------------------------

后浪出版咨询(北京)有限责任公司　版权所有，侵权必究
投诉信箱：copyright@hinabook.com　fawu@hinabook.com
未经许可，不得以任何方式复制或者抄袭本书部分或全部内容
本书若有印、装质量问题，请与本公司联系调换，电话 010-64072833